Plaisir
de photographier
les gens

Plaisir
de photographier
les gens

Bordas

Plaisir de photographier les gens

Édition originale

The Joy of Photographing People
par les « editors » d'Eastman Kodak Company.

Eastman Kodak Company

Texte et coordination éditoriale : **Keith A. Boas**
Responsable d'édition : **Paul F. Mulroney, Jr.**
Supervision technique : **Charles W. Styles**

Addison-Wesley Publishing Company

Édition : **Lori Snell**
Conception artistique : **Paul Souza**
Recherche iconographique : **Amy Bedik**

Copyright © 1983 by Eastman Kodak Company
and Addison-Wesley Publishing Company.

Édition française

Traduction : **Hélène Blanchard**
Conseil technique et adaptation : **Jean-Louis Bresson**
Supervision technique : **Raymond Pichonnier**
Coordination : **Yves Thomas**

Maquette de couverture : **Paul-Henri Moisan**
Photos de couverture : *(page 1)* **Walter Ioss/The Image Bank;** *(page 4, de gauche à droite à partir du haut)* **William McBride/The Image Bank; Lisl Dennis/The Image Bank; René Burri/Magnum**

Photocomposition : **Optigraphic s.a. 1040 Bruxelles**

Copyright © 1984 Bordas, Paris
ISBN 2.04.012767.4

Dépôt légal : novembre 1984
Imprimé en Espagne par GRAFICAS ESTELLA, S.A. à
Estella (Navarre) en octobre 1984.

D.L.:NA-1043-1984

Sommaire

Introduction

Première partie

David Burnett/Stock, Boston

La photographie, art d'expression

Deuxième partie

Rene Burri/Magnum

Matériel et technique

Troisième partie

Photographier les gens

Appendice

Introduction

Qu'il y ait du plaisir à photographier des gens, tous les photographes l'ont un jour ou l'autre ressenti. C'est que la photographie est un moyen de garder le souvenir de nos proches et des moments qui leur sont rattachés, d'attester par l'image les événements survenus auprès de nous et d'affirmer notre propre vision des êtres qui nous entourent. Tout comme nos raisons de photographier des gens, nos réactions sont diverses : certaines photos de personnages nous feront sourire ou rire, d'autres pleurer, d'autres encore nous attendriront ou nous empliront de nostalgie. Et pourtant, ces photos, qu'elles représentent des personnes qui nous sont chères ou de parfaits inconnus, ont en commun leur pouvoir d'émotion et leur impact au plus profond de nous.

Plaisir de photographier les gens se propose de vous aider à faire de meilleures photos de personnages, à découvrir ce qu'expriment certains visages et à saisir les temps forts qui surgissent dans votre existence et les êtres qui la jalonnent. Si ce livre renferme de très nombreux conseils techniques qui seront du meilleur usage pour le photographe chevronné, le débutant en tirera également profit : il verra et déchiffrera les photos qu'il jugera le plus réussies; apprendra ainsi à devenir l'égal des maîtres qu'il admire.

La première partie, **La Photographie, art d'expression**, explore dans son ensemble et toute sa diversité le domaine de la photo des gens. En effet, dès l'origine les photographes ont voulu photographier les gens. Cette première partie conduira donc à faire une rapide rétrospective de ce genre de photos. Elle traitera également des différentes façons de mieux observer les gens, ce qui est la première étape pour mieux les photographier.

Dans la deuxième partie, **Matériel et Technique**, nous passerons en revue les informations techniques de base indispensables au photographe. Nous insisterons sur le matériel et les techniques plus particulièrement nécessaires à la photo des gens; nous examinerons donc successivement les appareils eux-mêmes, les objectifs, les films, l'exposition, la composition et la lumière. Nous consacrerons également un chapitre à la description de l'aménagement d'un studio.

Enfin, la troisième partie, **Photographier les gens**, sera constituée par plus de cent pages de conseils et de « trucs » pour vous aider à réaliser au mieux vos photos. Nous avons classé ces photos en plusieurs catégories que nous passerons méthodiquement en revue :

les photos d'enfants : du bébé à l'adolescent, en passant par le monde de l'enfance et la photo de groupes d'enfants;

les photos de familles ou d'amis : cérémonies et réunions familiales, mariages, personnes âgées, groupes;

les portraits : les conseils pour réussir les portraits de gens à leur travail ou chez eux, en groupes ou isolés; même les autoportraits ne sont pas oubliés;

les reportages et *les voyages* : photos prises dans la rue ou le reportage, photos de vacances ou de voyage;

les sports : comment en conserver le dynamisme, savoir choisir le bon moment; les gros plans en pleine action;

le théâtre, la danse, la mode : comment les professionnels réussissent ces photos et ce qu'ils peuvent vous apprendre;

le nu : savoir photographier le corps humain, et les conseils particuliers pour les poses, le choix des éclairages et la création d'images très stylisées.

Nous demanderons aussi à des photographes professionnels, Lucien Clergue, Joel Meyerowitz, Neal Slavin et Mary Ellen Mark, de nous parler de leurs œuvres et de nous donner quelques conseils personnels supplémentaires.

En appendice, nous vous dirons comment présenter vos photos, et comment les professionnels rajeunissent les photos anciennes.

Kodak et les éditions Bordas pensent que *Plaisir de photographier les gens* vous permettra de trouver l'inspiration et vous aidera à créer votre propre style. Nous espérons que vous trouverez ce livre aussi simple, aussi riche en conseils et aussi attrayant que les deux volumes déjà publiés dans la même collection, *Plaisir de photographier* et *Mieux photographier*. Ce nouvel album vous sera sans doute encore plus précieux que les deux précédents, car il traite d'un genre qui vous touche particulièrement puisque plus proche de vous : la photographie des gens.

Première partie

La Photographie, art d'expression

Notre thème préféré

Le hublot d'un navire sert d'encadrement à ces deux immigrantes. Nous ignorons pourquoi elles ont quitté leur pays, mais nous ressentons l'espoir qu'elles mettent dans le pays d'accueil.

Dès le début de la photographie, les photographes ont voulu faire des portraits, et les premières photos représentaient presque toutes des personnages : l'intention de ses inventeurs était bien de faire concurrence à la peinture de l'époque. Lorsque la photo a commencé à se répandre, des milliers de personnes ont voulu que leur portrait soit réalisé sur plaque en laiton argenté pour pouvoir le transmettre à leurs descendants; nos raisons de photographier les personnages n'ont guère évolué depuis : aujourd'hui encore, nous cherchons à garder le souvenir des êtres chers et le témoignage de moments ou de personnages, qui sont autant de messages destinés aux spectateurs, et nous voulons représenter les sentiments inhérents aux êtres humains.

Les personnages sont un thème de recherche tout à la fois fascinant et inépuisable. Des portraits officiels aux clichés pris sur le vif dans une rue, en passant par les réunions familiales et les événements qui marquent l'actualité mondiale, le monde de la photo de personnages est vaste et multiple. Passez une heure sur un banc public à regarder flâner les gens et vous découvrirez que chacun d'eux est exceptionnel par l'un ou l'autre de ses aspects. C'est cette infinie variété qui vient défier le photographe, amateur ou chevronné : il lui faut saisir au vol une expression, traduire un caractère, rappeler les traits d'un visage.

Nous avons une infinité de raisons de photographier des gens. Notre motivation la plus fréquente est d'arrêter le temps, un instant qui s'écoule autour de nous : les enfants qui

grandissent, les événements familiaux exceptionnels, les moments privilégiés passés avec ceux que nous aimons. Mais, pour certains, la photographie sera le moyen de s'exprimer ou de témoigner de la société dans laquelle ils vivent; pour d'autres enfin, elle sera un mode de vie, un métier auquel ils consacreront des années de travail patient et persévérant.

Parmi tous les genres de photos que veut faire un photographe, la représentation de personnages est celui qui nous touche le plus. Nous y reconnaissons notre condition humaine, avec toute sa peur, sa solitude, son exubérance, sa joie. Seule une photo peut traduire avec exactitude les rapports entre plusieurs êtres humains et c'est cette exactitude qui est le point commun entre les deux photos illustrant cette page : des enfants sont joyeusement rassemblés pour un jeu, et des immigrantes, à bord d'un bateau, interrogent l'avenir d'un regard plein d'espoir. La photographie nous amène à être témoins de la vie des autres et à partager leur expérience.

C'est pourquoi, la photo de personnages s'adresse au plus profond de chacun de nous, à notre besoin de comprendre la vie. Tous, nous désirons savoir qui nous sommes et pourquoi nous sommes ici-bas. La photographie est un moyen exceptionnel pour qui veut tenter de répondre à ces questions, car elle permet d'isoler certains moments de notre vie pour les livrer à notre examen et elle ne cesse de nous apprendre quelque chose de nouveau sur nous-mêmes, sur autrui aussi.

Adam Woolfitt/Woodfin Camp

La joie des enfants est un thème universel. Leur spontanéité et leur vivacité nous touchent parce que nous y retrouvons le bonheur de l'enfance.

13

Un moyen de communiquer

« Ce qui fait le prestige de la photo, c'est qu'elle n'a pas besoin de discours pour être comprise ». Cette affirmation du célèbre photographe américain Elliott Erwitt peut paraître quelque peu excessive; et pourtant, il est bien vrai que notre perception du monde extérieur passe à 80 % par la vue et à moins de 10 % par l'ouïe. Les photographes travaillent donc avec le plus attentif et le plus utilisé de nos cinq sens, disposant ainsi d'un tout-puissant moyen de communication autre que la communication orale. Les photos de gens sont souvent d'elles-mêmes très éloquentes et l'image saisie instantanément en dit parfois plus sur le sujet que ne pourrait le faire un long discours.

Les photos s'adressent à nous de façon immédiate. Et chacune d'elles est porteuse de multiples messages : si vous regardez une même photo à plusieurs reprises, vous y trouverez une signification et une évocation différentes à chaque fois; certains détails, jamais vus auparavant, s'imposeront alors à votre regard pour la première fois, et la photo pourra prendre un tout autre sens, nostalgique ou au contraire plus gai. Souvent aussi, lorsque deux personnes regardent la même photo, elles n'y voient pas la même chose : pour l'une, la photo d'un enfant solitaire fera ressurgir des souvenirs d'enfance malheureuse alors que, pour l'autre, elle n'évoquera rien d'autre que la vie de tous les jours d'un enfant ordinaire.

La photo permet aussi de s'exprimer personnellement en tant que photographe. Il est parfois difficile de traduire par les mots ses pensées ou ses sentiments, et les photos peuvent aider à les énoncer. Beaucoup de photographes se sont mis à la photo parce qu'ils avaient quelque chose à exprimer et qu'ils ne pouvaient le faire ni par le dessin, ni par les mots. Pour d'autres, la photo a le rare pouvoir de dire plusieurs choses à la fois. Mais pour tous, pour le photographe attitré d'une famille royale comme pour celui qui photographie ses enfants dans son jardin, l'appareil-photo est l'instrument qui permet de traduire ce que l'on ressent par rapport au sujet photographié.

En somme, la photo est une forme de communication spécifique entre le sujet photographié et le spectateur. L'attitude du sujet, l'expression de son visage et le décor dans lequel il évolue sont autant d'informations qui permettent de mieux le découvrir et de prendre conscience de l'être humain qu'il est; et même si nous ne le connaissons pas, nous le comprenons mieux et devinons à qui nous avons affaire. Le rapport qui s'établit ainsi est purement imaginaire. C'est là l'aspect merveilleux de la photographie.

On est facilement ému par l'abandon d'un enfant qui a sommeil : fatigué, décoiffé, il se frotte les yeux; autant d'éléments contenus dans cette photo au cadrage serré, qui indiquent que le marchand de sable est déjà passé.

Marcia Lippman

Anestis Diakopoulos/Stock, Boston

Le visage de cette femme dissuade quiconque voudrait s'immiscer dans sa solitude.

Le regard lointain de cet enfant évoque la solitude d'une journée d'hiver sans compagnons de jeux.

Ce qu'expriment les visages

Lorsqu'une photo montre une personne, notre attention se porte d'abord sur le visage. C'est normal, car c'est le visage qui exprime les sentiments; et l'émotion ressentie par le sujet au moment où la photo est prise est transmise à celui qui regarde la photo : c'est bien le cas pour la photo de ce petit garçon qui montre fièrement l'agneau qu'il tient dans les bras, comme pour celle de cette maman qui joue avec son bébé, pour leur plus grand bonheur à tous les deux. Les visages nous décrivent les personnages et nous disent d'où ils viennent et où ils vont.

Les expressions du visage peuvent varier à l'infini et sont le plus souvent passagères et aux subtiles nuances. « Qu'y a-t-il de plus fugitif, de plus éphémère que l'expression du visage », se demande Henri Cartier-Bresson, l'un des photographes dont le talent a le plus contribué à l'évolution de la photo. Savoir saisir l'expression, le regard qui nous livrent la dominante du caractère du sujet, voilà le défi qu'essaient de relever tous les photographes, quel que soit leur niveau.

Pour réussir de bonnes photos de gens, il faut tenir compte de nombreux facteurs, dont la technique que nous aborderons dans la seconde partie de ce livre. Mais avant tout, il faut savoir observer les visages. Cela, nous le faisons tous les jours lorsque nous regardons des photos, la télévision, nos amis ou bien les êtres que nous rencontrons. En fait, chez une personne, c'est surtout le visage qui attire l'attention; un regard peut suffire pour savoir si l'on peut avoir confiance en quelqu'un ou se confier à lui.

Et pourtant, il nous arrive trop souvent de ne pas attacher suffisamment d'importance aux visages, surtout quand ils nous sont familiers : leurs expressions s'évanouissent parfois avant que nous les ayons remarquées. Pour bien photographier les gens, il faut savoir les regarder sans cesse, avec un œil toujours neuf. Observer les visages en sachant reconnaître en eux à la fois ce qu'ils ont d'unique et d'universel — ce qu'il faut aussi savoir faire pour son propre visage.

Pour bien photographier une personne, il faut être capable de mettre en évidence simultanément ce qui le rapproche et ce qui le différencie des autres. Pour cela, il faut faire preuve d'une grande disponibilité, d'une grande attention, afin d'adapter à tout instant sa prise de vue à la moindre variation d'humeur du sujet. Diane Arbus dont les photos prennent souvent à contre-pied les idées préconçues que nous avons sur les sujets insolites qu'elle nous montre, remarque : « Ce qu'il faut absolument savoir, c'est qu'au départ rien n'est jamais acquis. » Notre connaissance des êtres répond rarement à la logique du discours que nous tenons sur eux. Mais la perception intuitive que nous en avons s'exprime admirablement grâce à la photographie.

L'explosion de joie exprimée par le geste de l'enfant se retrouve entièrement sur le visage de la mère heureuse de son fils.

Ernst Haas

Neil Montanus

Amusante composition du petit garçon et d'un agneau : il ne faudra pas perdre de temps pour prendre la photo... ils ne resteront pas longtemps en place...

Cet homme interrompt sa méditation pour vous accueillir. C'est une image qui n'a pas besoin de légende.

Saisir les moments particuliers

Leo Rubinfien

C'est parce qu'ils changent constamment que les gens sont intéressants à photographier : en effet, les expressions du visage sont éphémères et les sujets bougent. Lorsque plusieurs personnes sont réunies, les gestes et mimiques qu'elles échangent ne durent guère et disparaissent aussi vite qu'ils sont apparus. Une bonne photo doit traduire cet aspect dynamique des sujets.

Savoir saisir le bon moment, voilà la difficulté pour le photographe qui doit rester sur le qui-vive. Et cela est vrai quel que soit le genre de la photo. Pour un reportage, il faut savoir choisir le moment qui illustre le mieux l'événement. S'il s'agit d'une compétition sportive, le moment intéressant survient toujours à l'improviste et ne dure qu'une fraction de seconde. Cela s'applique aussi aux portraits : même si le sujet pose, son expression est mouvante, et la photo réussie montrera le moment où il est le plus naturel, le plus expressif.

Pour saisir le bon moment, il faut avoir le coup d'œil et de bons réflexes. Il faut voir cet instant juste avant de prendre la photo. Mieux encore, il faut apprendre à le prévoir : pour cela, il faut savoir à l'avance quel genre de photo on désire réaliser; l'appareil doit déjà être prêt lorsque surgit l'instant décisif. Il arrive que le bon moment ne dure qu'une fraction de seconde : dans un match de rugby, par exemple, il se peut que ce qui vous tente soit le moment où un joueur plaque son adversaire au sol; en d'autres circonstances, l'instant qui vous intéressera sera celui où l'enfant commence sa glissade sur le toboggan. Dans ces deux cas, il faut même anticiper le geste pour déclencher juste à l'instant précis.

Pourtant, il arrive parfois que l'intérêt ne vienne pas d'une action — c'est le cas de la photo ci-contre —, mais d'une expression, d'un éclairage, d'un mouvement imperceptible. Henri Cartier-Bresson appelle ce moment où tous les éléments de la scène sont réunis l'« instant décisif ». Sur la photo ci-contre, on voit que l'enfant est fier de manger au restaurant, pour la première fois de sa vie peut-être. Le photographe a soigneusement cadré la scène, puis il a attendu le moment où l'expression et la position de l'enfant étaient les plus éloquentes.

Il est facile de s'exercer à saisir le bon moment : il vous suffit d'observer les visages des gens qui vous entourent et d'essayer de trouver l'instant qui les résume le mieux. Votre recherche et vos efforts seront largement récompensés quand vous saurez rendre toute la vie de vos personnages.

La composition de cette photo n'omet ni le menu affiché au mur, ni les condiments placés sur la table; cela suffit à situer la scène dans un restaurant et à nous faire comprendre ce qu'elle a d'inhabituel pour ce petit garçon.

Les résultats d'une collaboration

Même si le photographe est seul responsable du déclenchement de l'appareil, un portrait est toujours le fruit d'une collaboration entre le photographe et son sujet. Ce type de photo est d'ailleurs le seul qui ait la particularité d'être l'aboutissement d'une action complice entre deux êtres. Mais, même lorsqu'il s'agit de photos prises sur le vif, où le sujet ne se rend pas compte qu'on le photographie, c'est le sujet lui-même qui, par son attitude, par son aspect, détermine le photographe à le photographier. Evidemment, lorsque le sujet est face à l'appareil et qu'il pose pour la photo, sujet et photographe deviennent partenaires à part entière.

Il est parfois plus difficile de faire poser les gens que de les prendre sur le vif, mais si l'on arrive à bien communiquer avec son sujet, on y gagne. Le photographe doit alors admettre que la photo sera moins spontanée et que le sujet risque même d'avoir l'air figé. Cependant, comme maître-d'œuvre, le photographe domine mieux la photo qui sera plus directe et plus humaine; grâce à la façon dont il converse avec son sujet, par les poses, les expressions et les décors qu'il propose, il parvient aisément à réaliser la photo qu'il ressent. Le photographe peut aussi provoquer diverses attitudes chez son sujet.

Les photos qui illustrent ce chapitre mettent en évidence trois sentiments très différents; chacun des personnages s'adresse au spectateur de façon différente. Mais, chaque fois, le message est évident.

Lorsque vous photographiez un de vos proches, qu'il s'agisse d'un membre de votre famille ou d'un ami, vos comportements réciproques peuvent modifier complètement la photo. Parfois, il suffira du seul mot « Souriez ! » pour que le sujet vienne parader devant votre appareil. D'autres fois, il vous faudra apprivoiser un sujet timide avant de pouvoir le photographier. Dans ces deux cas, le fruit de la coopération entre le sujet et le photographe sera une photo riche en émotions ou en souvenirs que vous aurez envie de conserver. Car ce que vous aurez fixé sur cette image, ce ne sera pas seulement quelqu'un que vous aimez, ce sera aussi l'illustration de l'entente qui règne entre vous.

Evelyn Hofer

Les couleurs sont vives et contrastées; le sujet pose de face.
Le photographe a réalisé une composition sans artifice, qui donne de la « présence » au jeune homme.

L'acte de photographier est aussi une communication entre le photographe et son sujet. Cet homme s'anime et n'aurait pas ponctué ainsi son discours s'il n'avait été face au photographe.

Le photographe a laissé ces enfants poser comme ils en avaient envie : en footballeurs, comme ceux qu'ils voient sur les stades ou dans les magazines. Mais en y regardant de plus près, on perçoit des différences entre eux : le garçon de gauche, par exemple, semble plus assuré que celui de droite.

Pourquoi prendre des gens en photo ?

Les raisons qui nous décident à prendre des gens en photo sont multiples et susceptibles de changer parallèlement à notre propre évolution. Souvent, le but avoué est simplement de conserver des souvenirs de famille. Parfois, le thème choisi peut être architectural ou floral, le but en est alors une recherche qui permet de mettre en forme nos idées sur la beauté. De l'évolution de nos motivations découle notre choix pour telle ou telle façon de procéder. C'est pourquoi la première démarche à entreprendre pour réussir ses photos, c'est de tenter de savoir ce qui nous incite à les faire.

C'est avant tout pour garder des traces du passé que nous photographions nos proches. Les photos de famille, d'amis, restent un témoignage d'une fête, d'une réunion, d'un moment précis. Ces photos permettent de conserver le souvenir de gens ou de lieux. Elles rappellent des événements exceptionnels de la vie familiale, mais aussi des petits faits quotidiens qu'on est heureux de revivre.

Quelquefois ces photos sont posées; mais, en général, elles restent spontanées. Les deux photos ci-contre montrent que ces deux types de photo peuvent être également réussis. Il est utile de photographier les événements familiaux importants (réunions, vacances, anniversaires); mais on aime aussi garder le simple souvenir des moments paisibles et quotidiens qui sont l'essentiel de la vie. Ils pourraient paraître trop anodins pour faire le sujet d'une photo, mais n'oublions pas que ce sont souvent ces moments banals qui resteront les souvenirs les plus « exceptionnels » parce qu'inattendus.

Quelques règles à respecter pour les photos de famille ou d'amis : vous devez être suffisamment près de vos sujets pour bien en distinguer le visage; réglez soigneusement la distance et l'exposition, et restez patients ! Certains sujets sont très à l'aise devant un appareil, mais d'autres sont gauches et timides. Faites-vous oublier en tant que photographe, et aidez-les à se détendre : vos photos seront alors plus naturelles.

Nous aurons l'occasion de développer ces conseils succincts dans la suite de cet ouvrage. Nous pensons qu'ils vous apprendront à mieux photographier les gens et les moments importants de votre vie. Vous pourrez ainsi vous constituer une collection vivante de souvenirs familiaux, mais aussi garder le témoignage des gens intéressants qui auront croisé votre chemin.

James Carroll/Archive Pictures

Les photos de famille sont des souvenirs très personnels, faisant revivre les gens qui comptent pour nous. Ici les personnages sont réunis devant la ferme familiale qui rappelle aussi leur mode de vie.

*Ce sont parfois les petites
choses de la vie qui font les
meilleures photos; ici l'on
voit parfaitement la
complicité qui unit ce
grand-père à son petit-fils.*

Pourquoi prendre des gens en photo ?

Les photos sont parfois destinées à garder le souvenir de notre entourage ou de lieux particuliers; c'est le cas pour les photos de famille dont la présentation reste limitée à vos proches. Mais vous pouvez aussi vouloir réaliser des photos que vous aimeriez présenter en dehors du simple cadre familial. Le but poursuivi, que vous soyez photographe amateur ou professionnel, reste le même. La gamme des sujets et des décors est infinie, les photos de ce chapitre en sont la preuve. On peut travailler en extérieur ou en studio, avec des modèles professionnels ou non. Pour les reportages comme pour les portraits, pour les photos de mode comme pour toute forme de photo publicitaire, il existe des règles qui font de ce type de photo un genre bien différent de la simple photo de famille.

Lorsque quelqu'un vous commande une photo, votre comportement change. Il ne s'agit plus alors de se contenter de photographier selon vos propres goûts; il faut aussi photographier ce qui plaît au commanditaire. Pour réussir ce genre de photo, il faut essayer de se mettre dans la peau de l'autre pour mieux respecter ses désirs.

Imaginez par exemple que vous fassiez des photos d'un match de football dans un lycée; votre frère ou votre fils fait partie de l'équipe; vous ne ferez pas les mêmes photos si vous travaillez pour le bulletin annuel du lycée, ou si vous faites un reportage pour un journal régional, ou encore si vous voulez un souvenir de votre parent. Dans les deux premiers cas, vous suivrez le match en surveillant les meilleurs joueurs et en guettant les actions décisives du match, et vous prendrez de préférence des photos lorsqu'une des équipes sera près des buts, sur le point de marquer, plutôt qu'au moment où le jeu se déroulera au milieu du terrain, mais bien évidemment vous ne suivrez pas particulièrement votre parent.

Pour un vrai reportage, un professionnel se comportera de façon tout autre. L'essentiel pour lui est de faire une photo, ou une série de photos, qui retrace le déroulement du match. Cela demande un certain recul, car il faut d'abord comprendre ce qui se passe pour pouvoir prendre la photo qui traduira le mieux l'événement. C'est pourquoi elle devra contenir davantage de détails qu'une photo d'intérêt personnel. Quand une photo est destinée au public, le message doit être évident et facile à comprendre.

Charles W. Bush/The Image Bank

Il y a un abîme entre la photographie d'un professionnel à plein temps et celle d'un amateur, même s'il est très averti. Le professionnel trouvera dans son métier beaucoup de joies, mais aussi des déceptions; il rencontrera de très nombreuses difficultés. Il lui sera indispensable d'avoir un moral d'acier, le sens des affaires, et, bien évidemment, du talent. Mais si vous avez vraiment la passion de la photographie, les photos que vous aurez faites pour votre simple plaisir personnel vous apporteront beaucoup de joie, que vous ayez un très large public ou que vous soyez seul à les voir.

Dans cette photo de mode, l'éclairage met bien en évidence le point essentiel de la photo : le chapeau, réduisant le visage du mannequin au rang d'un simple accessoire.

Richard Noble

Le caractère de cette petite fille nous est révélé par sa coiffure, sa robe, son attitude au piano, et non par son visage comme c'est en général le cas. C'est la façon toute personnelle du photographe d'aborder ce portrait, pris en studio, qui fait la réussite de cette photo.

Le célèbre photographe Neal Slavin a demandé à ces deux hommes d'affaires de poser devant le monument qui symbolise le mieux leur activité : la Bourse de New York. L'usage d'un téléobjectif les a « rapprochés » du fronton et de l'épigraphe.

Neal Slavin

Pourquoi prendre des gens en photo ?

Il y a des photos qui ne peuvent être classées ni dans la catégorie du simple souvenir, ni dans celle des photos de commande. Et ces photos exigent un soin particulier, car elles répondent à un besoin personnel d'expression, qui est d'ailleurs perceptible dans notre travail, mais aussi dans nos loisirs; on peut même le déceler dans notre façon de parler, de nous habiller ou de décorer notre logement. A cet égard, la photographie est un terrain d'expérimentation privilégié car elle permet de réaliser des images durables qui, si on les considère comme un tout, finissent par donner une représentation de ce que nous sommes. Et lorsqu'il s'agit de photos de gens, cela devient particulièrement passionnant parce qu'on aboutit à un résultat double : une meilleure connaissance du sujet, mais aussi du tempérament du photographe.

Toutes les photos sont un moyen d'expression; en effet, c'est le photographe, et lui seul, qui est maître des choix esthétiques indispensables pour réaliser une photo, même banale. Le point de vue, le cadrage, la distance entre le photographe et son sujet, tous ces éléments essentiels de la photo lui permettent de s'exprimer.

Au fur et à mesure des progrès accomplis, vous prendrez davantage d'assurance, et votre touche personnelle s'affirmera. Vous vous apercevrez alors que vous avez une préférence pour telle ou telle technique créative, ou que vous aimez réaliser tel ou tel type de photos. Vous vous découvrirez peut-être un goût pour les couleurs vives parce qu'elles provoquent des réactions plus fortes, ou vous vous apercevrez qu'il y a toujours un espace vide sur vos photos et que vous vous plaisez à souligner la solitude des personnages, ou bien encore vous constaterez que vous utilisez volontiers des techniques peu courantes — comme c'est le cas pour les photos qui illustrent ce chapitre —, car elles vous paraissent plus adaptées pour exprimer ce que vous ressentez. Quel que soit votre style, cette évolution, à la fois instinctive et technique, est naturelle.

Comment reconnaîtrez-vous les photos qui révèlent le mieux vos sentiments les plus secrets ? Ce seront celles que vous aurez prises sur un coup de cœur et que vous regarderez avec le plus de plaisir; ce seront alors elles qui communiqueront le mieux ce que vous avez ressenti en les prenant.

La douceur de la lumière et la chaleur de l'ambiance créent une atmosphère romantique et sereine.

Pour que le photographe s'exprime au travers d'une photo de personnage, il lui est parfois nécessaire d'avoir recours à une technique créative. Ici le panoramique souligne le mouvement de l'enfant.

Anestis Diakopoulos/Stock, Boston

Un détail est souvent plus parlant que le sujet tout entier : l'effort qu'a dû accomplir ce travailleur est bien évoqué par ses mains sales et la boue qui macule son pantalon.

Un peu d'histoire : l'invention de la photographie

C'est le 5 mai 1816 que Nicéphore Niepce réussit la première photo. Le procédé révolutionnaire qui consiste à produire, au moyen d'un objectif et de la lumière, l'image d'une personne sur une plaque de verre sensible date de ce jour. Plus « réelle » qu'un portrait de peinture, cette image naquit inversée, et, surtout, sa couche sensible était vulnérable. Dans les années qui suivirent, jusqu'à 1840, plusieurs inventeurs se sont livrés à diverses expériences pour améliorer le support et les matières photosensibles.

On peut dire que le mérite d'un procédé photographique réellement utilisable revient à Daguerre, associé à Niepce, qui réussit la première commercialisation de son « miroir qui se souvient », les images venant en sombre sur des surfaces brillantes. Une dizaine d'années plus tard, des commerçants entreprenants ouvrirent dans toutes les grandes villes d'Europe et d'Amérique des boutiques de « daguerréotypes ». Bourgeois et paysans se pressaient dans ces magasins pour avoir leur portrait ; très souvent, après un décès, la famille demandait un daguerréotype pour garder un dernier souvenir du défunt.

A ses débuts, l'image était révélée directement sur une plaque de laiton argentée. Les images n'étaient pas grandes et leur surface encore trop fragile. Le matériel de prise de vue était lourd, encombrant et peu maniable. Les sujets devaient rester assis plusieurs minutes, sans bouger, ce qui explique l'air figé et peu expressif des personnages des daguerréotypes. De plus, la plaque devait être fabriquée sur le champ.

Malgré ces inconvénients, le succès de la photographie ne tarda pas. C'était la première fois qu'on pouvait se procurer une image parfaitement ressemblante, pour une somme bien plus modique — deux dollars aux États-Unis — que celle qu'il fallait payer pour avoir un portrait en peinture.

Avec l'invention de la photographie sur ferrotype en 1856 — méthode plus simple et moins onéreuse —, cet engouement devint plus grand encore : jusque-là confinée au studio, avec le ferrotype la photo se pratique en plein air dans les foires. Phénomène populaire, la photo prend place dans chaque foyer ; on commence à posséder des photos des divers membres de sa famille. Ces photos étaient en noir et blanc, mais on coloriait à la main les joues en rose pour donner au visage un aspect plus naturel.

La technique photographique progressa ensuite très rapidement. Quelques années suffirent pour mettre au point le procédé négatif-positif, sur papier puis sur verre, qui permet à partir d'une seule prise de vue de produire autant d'images qu'on veut.

A partir de 1854, le format « carte de visite » se répandit largement, et ces photos, développées sur papier pour la première fois, devinrent très vite des objets fort prisés des collectionneurs européens et américains qui s'arrachaient les « cartes de visite » des membres des familles royales ou d'autres célébrités pour enrichir leurs albums.

La photo restait malgré tout un travail de professionnel ou l'apanage de quelques personnes fortunées. Mais, c'est avec l'apparition, en 1888, de l'appareil-photo Kodak que les amateurs et collectionneurs de photos devinrent de plus en plus les artisans de leurs propres clichés.

Barton · 108 HURON AVE. PORT HURON, MICH

On voit sur ces deux pages, à leur dimension réelle, quelques photos qui remontent aux origines de la photographie.
Les daguerréotypes (en haut, à gauche) ont permis de garder l'image d'êtres chers. Avec le ferrotype (les deux photos du bas), la photographie est devenue accessible à un plus grand nombre d'amateurs. Grâce aux « cartes de visite » (en haut, à droite), le photographe a pu produire des images multiples sur papier en de nombreux exemplaires.
Les photographies plus grandes (page de gauche) étaient obtenues de la même façon que les « cartes de visite », mais n'eurent jamais le même succès.

Un peu d'histoire : les techniques se diversifient

Les photographes commerciaux se mirent à faire à tour de bras des portraits pour le public qui en était avide. En même temps, les photographes d'art envisageaient la photo sous un angle très différent. Puisque celle-ci permettait de montrer personnages et décors exactement comme dans la réalité, pourquoi ne pas en faire un nouvel art ? Ils se mirent donc à photographier des natures mortes, ou des groupes allégoriques méticuleusement composés, selon les canons de la beauté en vigueur à l'époque victorienne.

Certains de ces artistes se spécialisèrent dans le portrait : ils voulaient que leurs travaux en disent plus long que ceux des photographes commerciaux. Julia Margaret Cameron se consacra à faire le portrait des célébrités littéraires anglaises; plus que l'apparence extérieure du sujet, elle a cherché à en révéler « la grandeur intérieure ». Quant à Lewis Carroll, il a fait des portraits, pleins de sensualité et de rêve, de son modèle favori, Alice Liddell, qui lui inspirera plus tard le personnage d'Alice dans *Alice aux pays des merveilles*. Pendant la guerre de Sécession, Matthew Brady et ses assistants parcoururent avec courage les champs de bataille pour photographier avec deux équipes les deux armées et les ravages de la guerre. Dès 1851, le gouvernement français avait chargé un groupe de photographes de parcourir l'Empire pour inventorier, aux frais de l'État, les monuments et les paysages.

D'autres photographes se mirent à sillonner le monde : ils voulaient utiliser cette technique nouvelle qu'était la photo pour ouvrir à tous des horizons lointains; pour la première fois, grâce à eux, le public put « s'évader » en Égypte ou en Orient.

Dès les débuts de la photographie, il y eut les portraitistes et aussi ceux qui faisaient une recherche personnelle pour s'exprimer. Mais c'est au début du vingtième siècle que, grâce à sa relative facilité d'emploi, la photo devient un mode d'expression. Alors qu'il n'avait pas quatorze ans, Jacques-Henri Lartigue fit ses premières photos, toutes révélatrices de la fascination enfantine qu'il éprouvait pour le monde des adultes, les voitures et les machines volantes. Eugène Atget, qui cherchait des sujets pour les peintres, répertoria les aspects artistiques ou pittoresques de Paris. L'élégance de ses photos de monuments ou de personnages dénote un regard plein d'humanité et d'amour. Alfred Stieglitz, avec une honnêteté scrupuleuse et une composition parfaite, réalisa des photos qui firent de lui le premier photographe de la vie quotidienne aux États-Unis.

La photographie était devenue un art. Le monde saluait la photographie comme un moyen unique, instantané et artistique de communication, et les expositions se multiplièrent.

Cette photo a été prise par Julia Margaret Cameron, dont l'œuvre recouvre la seconde partie du XIXe siècle. Les portraits que cette artiste a réalisés sont délicats et lyriques, comme celui-ci qui s'intitule « Enid ».

Cette photo, prise en 1905, est une des plus célèbres de J.H. Lartigue; il avait alors onze ans. Il fut l'un des premiers à savoir saisir un mouvement d'une telle exubérance.

Le photographe français Eugène Atget habita Paris de 1857 à 1927. Son œuvre, presque entièrement réalisée pendant le dernier tiers de sa vie, reste un témoignage unique sur l'architecture et la vie quotidienne des habitants de la capitale.

Edward Curtis a constitué une véritable anthologie, par l'image, de la vie des Indiens de l'Ouest américain amenés à disparaître. Cette Indienne est de la tribu des Qahatika.

Edward Curtis/The Metropolitan Museum of Art, Rogers Fund, 1976

Eugene Atget/Permanent Collection, International Center of Photography, Gift of Pierre Gassman

31

Un peu d'histoire : la révélation du monde

La photo avait commencé à s'affirmer comme un art; il fallut cependant attendre les premières décennies du vingtième siècle pour lui voir jouer un rôle social. La photographie qui, à l'origine, avait été un art et un loisir, connut très vite un extraordinaire essor.

Le jour où, grâce à la photogravure, il devint possible de reproduire en quantité illimitée des images imprimées et de bonne qualité, la photo devint un support important d'information. Certains articles de journaux pouvaient être alors illustrés de façon bien plus réaliste qu'avec les longues descriptions ou les dessins qui étaient de règle auparavant. La mise en images de l'actualité à l'état brut avait un impact considérable et souvent dérangeant.

Les photographes comprirent vite la force de l'instrument qu'ils avaient entre les mains et furent nombreux à montrer les réalités de la société qui n'avaient guère été dévoilées jusque-là. Le journaliste américain Jacob Riis fut bouleversé quand il découvrit la misère des habitants de certains quartiers de Manhattan : il s'attacha à en photographier la pauvreté, la promiscuité et à montrer le désespoir qu'il pouvait lire dans leur regard. Son compatriote, le sociologue Lewis Hine, pour sa part, étudia le sous-prolétariat new-yorkais et tout particulièrement les vagues d'immigrés qui, à cette époque, déferlaient par bateaux entiers. Il a laissé des photos réalistes où l'on voit des enfants exténués par le travail : elles contribuèrent à faire voter des lois sur la protection des mineurs.

Plus tard, pendant la grande crise de 1929, le gouvernement fédéral lui-même prit conscience du pouvoir de suggestion et d'influence de l'image sur les esprits. Le ministère de l'Agriculture engagea des photographes qui firent d'émouvants clichés sur la vie des Américains en ces temps difficiles. Dorothea Lange, après avoir été célèbre pour ses portraits, montra la situation catastrophique des fermiers émigrant vers la Californie. Walker Evans était plutôt attiré par la photo artistique. Il se rendit dans le Sud et dans un reportage-photo célèbre, il relata la vie misérable d'une famille de métayers de l'Alabama, vie que la majorité des Américains n'aurait pas cru possible si elle n'en avait eu la preuve irréfutable sous les yeux.

Le public eut accès de plus en plus facilement à des documents photographiques de qualité. Le magazine *Life*, fondé en 1936, fit de la photo de presse un événement hebdomadaire attendu dans des millions de foyers américains. Les plus lointaines contrées devenaient proches et

C'est grâce au témoignage photographique d'hommes comme Jacob Riis, que l'on découvrit les conditions de vie lamentables des immigrés entassés dans certains quartiers de New York. Sur cette photo de 1890, un homme se prépare à dormir dans ce qui lui sert de chambre depuis quatre ans.

L'œuvre de Lewis Hine consista aussi à considérer la photo comme instrument de témoignage et de critique sociale; il opéra tout particulièrement dans les régions industrielles en cours de développement aux États-Unis au début du siècle. Cette photo de 1920 montre un ouvrier en plein travail sur une chaudière. Mais Hine s'est surtout attaché à photographier le travail des enfants pour dénoncer la façon dont ils étaient exploités.

Pendant la crise de 1929, le gouvernement américain engagea de nombreux photographes qui devaient sillonner les État-Unis pour réunir une vaste documentation sur la vie de la population. Ce portrait d'ouvrier agricole est de Walker Evans dont l'œuvre se poursuivit jusqu'au début des années 70.

Pendant la Seconde Guerre mondiale, Margaret Bourke-White travailla pour le magazine Life. Elle fut l'un de ses meilleurs reporters. C'est grâce à elle que les horreurs de la guerre sur le sol européen furent connues jusque dans les foyers américains; ici, il s'agit du camp de Buchenwald en 1945.

familières : W. Eugene Smith montrait l'œuvre accomplie à Lambaréné par Albert Schweitzer, cependant que Margaret Bourke-White faisait découvrir au monde le chef spirituel de l'Inde renaissante, Gandhi et son rouet. Cette journaliste, sans cesse à l'affût, fit ressentir aux Américains, de l'autre côté de l'Atlantique, la véritable tragédie de la Seconde Guerre mondiale : les regards de déportés des camps de la mort en disaient plus long que les photos de soldats ou de champs de bataille.

La photo a transformé notre vie car elle a mis le monde à notre portée. Le champ de nos connaissances s'en est trouvé considérablement élargi. Dorénavant il n'est plus d'événement primordial qui ne passe à la postérité sans le recours à l'image.

De toutes les photos prises pendant la grande crise de 1929, celle-ci est parmi les plus célèbres. Elle est l'œuvre de Dorothea Lange. La femme d'un cultivateur et ses enfants témoignent de la misère et de la détresse de cette époque.

Un peu d'histoire : une vision personnelle

Au cours des cinquante dernières années, la photo est devenue un moyen d'expression à part entière, un mode d'interprétation de la vie. Depuis longtemps, les portraits ne se contentaient plus de reproduire un visage à l'identique. Les grands portraitistes contemporains révèlent, au-delà du sujet, son caractère et sa personnalité, en traduisant par l'image la perception qu'ils peuvent avoir d'autrui.

Parmi les portraitistes de talent qui s'attachèrent très tôt à mettre en œuvre cette modernité, il faut citer August Sander dont l'œuvre se situe dans les années 30. La montée du nazisme l'empêcha de mener à bien son projet ambitieux : il voulait dresser un répertoire photographique de tous les archétypes spécifiques de l'Allemagne de son époque.

Aux États-Unis, Edward Steichen fut renommé pour les techniques sophistiquées qu'il utilisait dans ses portraits de personnages célèbres. Il jouait de son magnétisme et sur la communication privilégiée qu'il établissait avec ses sujets pour magnifier la réalité et faire de l'image un objet d'envoûtement. Edward Weston acquit, lui, la célébrité, grâce à ses compositions abstraites qu'il obtenait aussi bien à partir du corps humain que de gros plans de poivrons verts ou autres légumes.

Yousuf Karsh, d'Ottawa, fut l'un des plus grands portraitistes de tous les temps et il se déplaça dans le monde entier. Il étudiait soigneusement ses sujets, en se renseignant longuement sur eux avant de les rencontrer, ce qui lui permettait d'en obtenir le maximum au cours de la séance de pose. En Angleterre, Cecil Beaton jouait sur des décors recherchés qui mettaient le sujet en valeur tout en s'harmonisant avec la dominante de son tempérament.

Parmi les grands portraitistes contemporains, il faut aussi citer Irving Penn, qui exploite habilement les qualités indicibles de la lumière des pays nordiques pour donner plus de profondeur à ses sujets. Le style de Richard Avedon est très direct; il va droit au but; son œuvre comprend à la fois des photos de mode et des portraits. Arnold Newman fut le principal photographe des cercles artistiques au milieu du siècle; ses décors comportent toujours un détail qui révèle le métier du personnage, ce qui est plus explicite qu'un simple visage. Ce type de portraits n'a plus aucun point commun avec les daguerréotypes aux poses rigides et aux visages inexpressifs d'antan. De nos jours, le portraitiste en tant que tel disparaît peu à peu; il est remplacé par le reporter qui saisit l'expression sur le vif.

Edward J. Steichen/The Metropolitan Museum of Art, The Alfred Stieglitz Collection, 1933

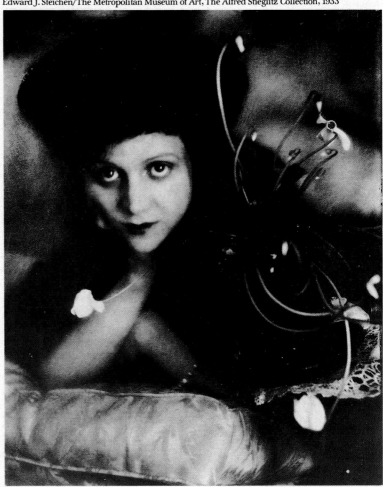

Ce portrait de Philip Lydig, réalisé par Edward Steichen est caractéristique du début de sa carrière. Son art se rapprochait de celui du portraitiste et, dans cet esprit, il utilisait souvent le flou artistique.

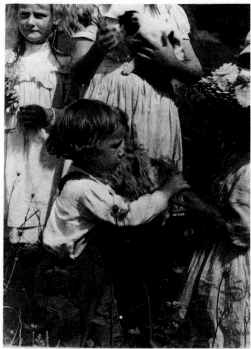

Gertrude Käsebier/The Metropolitan Museum of Art,
The Alfred Stieglitz Collection, 1933

Après des études de peinture, Gertrude Käsebier se consacra à l'éducation de ses enfants, puis se mit à la photographie. Son œuvre, qui resta influencée par sa formation de peintre, se différencie par le naturel de ses personnages.

© Yousuf Karsh, Ottawa/Woodfin Camp

August Sander/The Metropolitan Museum of Art,
Warner Communications, Inc., Purchase Fund, 1979

August Sander fut l'un des photographes d'avant-garde de l'Allemagne des années 20 et 30. Il chercha à constituer une anthologie exhaustive de la vie quotidienne allemande. Mais ses efforts furent interrompus par l'arrivée au pouvoir du nazisme.

Le photographe canadien Yusuf Karsh a fait le portrait de presque tous les artistes, écrivains et hommes célèbres de ce siècle. Ce portrait du peintre Georgia O'Keeffe représente non seulement le personnage, mais évoque aussi le sud-ouest des États-Unis que celle-ci s'est attachée à traduire dans ses tableaux.

Un peu d'histoire : une vision de la réalité

Edward Weston/The Metropolitan Museum of Art, David Hunter McAlpin Fund, 1957

Edward Weston utilisait un appareil grand format et le noir et blanc pour des nus sensuels et souvent stylisés. Dans toute son œuvre, Weston a cherché à associer les formes que l'on trouve dans la nature à celle du corps humain.

Un certain sens artistique et une vision personnelle sont également indispensables pour d'autres types de photos de personnages. Au milieu de ce siècle, les appareils sont devenus plus petits, il a été possible d'utiliser de plus grandes ouvertures et des films plus sensibles; tout cela a contribué à donner aux photographes une souplesse d'utilisation inconnue jusque-là. Il devenait possible de faire de nombreuses photos en un bref laps de temps, ce qui permettait aux photographes de saisir au vol les situations ainsi que leurs variations. L'arrivée sur le marché de l'appareil 24×36 a ouvert le champ aux instantanés pris sur le vif.

C'est Henri Cartier-Bresson qui illustre le mieux cette volonté de faire des photos saisies sur le vif pour expliquer sa perception de la vie. Cartier-Bresson a souvent parlé de « l'instant décisif », c'est-à-dire l'instant unique où tous les éléments de la scène se combinent parfaitement. Tous les bons photographes ont adopté la même attitude : garder l'image d'une série de moments qui traduisent photographiquement leur sentiment personnel sur la vie.

On peut même affirmer que ce style de photographie a été le principal apport de ce siècle à l'art photographique. Connus ou inconnus, ceux qui ont suivi la voie ouverte par Cartier-Bresson sont innombrables. Parmi eux, on trouve Robert Frank dont le livre, *Les Américains*, témoignage sans complaisance sur la vie des Américains dans les années 50, fait date. Des grands reporters correspondants de guerre, comme David Douglas en Corée ou Larry Burrows au Vietnam, ne se sont pas contenté de photographier les événements dont ils étaient témoins. Leurs photos montrent la vie, la mort et la souffrance; mais elles montrent également ce qu'ils ont ressenti, en tant qu'êtres humains, lorsqu'ils se sont trouvés confrontés à l'horreur qui les entourait.

Les séries de photos narratives ont cédé la place aux séries thématiques, dont l'unité ne vient plus des personnages ou des événements, mais de la philosophie ou du point de vue qui les inspire.

C'est encore plus vrai de nos jours, où l'appareil-photo est au service de l'expression personnelle. Le temps de la photo à valeur de simple témoignage est révolu et les photographes s'efforcent de plus en plus d'introduire dans leurs photos quelque chose de plus profond, de plus intime, de plus humain.

Henri Cartier-Bresson, un des grands maîtres de la photo, opérait dans les rues de Paris; d'un geste rapide, quasi imprévisible, il savait viser et déclencher à l'« instant décisif », lorsque tous les éléments de la scène se combinaient.

Savoir observer les gens

La meilleure façon d'apprendre à photographier les gens, c'est de les observer attentivement. Il y a toujours des indices qui trahissent le caractère ou les émotions d'une personne; c'est d'ailleurs cela que l'on remarque lorsqu'on regarde attentivement des gens en photo.

Regardez les gens marcher dans la rue, parler, rire ou réfléchir. Apprenez à juger de leurs gestes et attitudes tout au long de leurs activités quotidiennes. Cela vous aidera à identifier leur singularité et à mieux la faire passer dans vos photos.

Commencez par les traits du visage. Étudiez la forme du visage, le port de tête, les mouvements. Vous constaterez qu'une variation, même infime, dans la physionomie peut modifier du tout au tout ce que vous ressentez en la regardant. Par exemple, un sourire dénote une franche gaieté et une grande satisfaction. En revanche, un sourire à peine esquissé peut révéler, selon le contexte, des sentiments très différents, qui peuvent aller de la rêverie à la colère contenue.

Quand vous aurez fait cet exercice d'observation pendant quelque temps, vous constaterez que vous avez déjà beaucoup appris sur les gammes possibles d'expressions. Après tout c'est un déchiffrage auquel on se prête dans la vie de tous les jours sans y prendre garde. Mais si vous prenez conscience de la signification de ces expressions, il vous sera plus facile de les introduire dans vos photos.

Il n'y a pas que le visage qui puisse nous révéler l'intime de l'être. Soyez attentif au langage du corps. Car c'est aussi un puissant révélateur. Étudiez les gestes et mouvements des gens : ce sont aussi des moyens de communication qui ont cet avantage d'être compris par tous. Et bien souvent, un simple geste, ou une façon de se mouvoir, vous en dira long sur l'émotion d'une personne.

Ne négligez pas les détails vestimentaires, les accessoires et tout indice inhabituel — même insignifiant, il peut être très révélateur. C'est ce genre de détail qui a permis à un photographe de remporter le Prix Pulitzer en 1952. Sur la photo primée, on voyait Adlai Stevenson, candidat à la présidence des États-Unis, préparer un nouveau discours au cours d'une campagne longue et harassante. Mais l'attention était surtout sollicitée par l'existence d'un trou dans la semelle de l'une des chaussures du candidat; ce trou symbolisait à lui seul la course à la présidence qui avait été à n'en pas douter aussi « usante » que longue.

Quand vous aurez pris l'habitude d'observer les gens dans leur vie quotidienne, vous remarquerez aisément les petits détails les plus significatifs de leur état d'esprit du moment. Vous serez plus réceptif aux émotions et à la personnalité de vos sujets. Et vous serez par là même mieux préparé à les photographier.

Parfois le costume suffit à modifier la façon dont nous percevons un individu. Sans sa casquette, ce jeune garçon nous paraîtrait un Asiatique comme les autres. Mais avec cet accessoire, nous voyons en lui le jeune militant d'un système politique.

Ron Alexander/Stock, Boston

Keith Boas

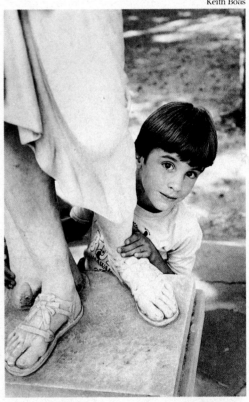

Edwin McMullen

Observer attentivement les gens, c'est aussi être à la recherche de décors ou de situations hors du commun. Ci-dessus, la timidité du petit garçon apparaît plus évidente par le fait qu'il se cache derrière une statue imposante.

La position décontractée, copiée sur celle des adultes, et le regard surpris de cette petite fille en faisaient un bon sujet pour une photo prise sur le vif. A condition que le photographe soit prêt à saisir instantanément son expression.

Témoignage d'un moment intense d'émotion, les liens entre ces trois paysannes russes s'expriment à travers leur attitude, leur regard et leurs gestes.

On est touché par le charme de cette photo. Le plaisir qu'éprouvent le père et le fils à passer un moment ensemble paraît encore plus fort que le plaisir de jouer du banjo.

Lorsque plusieurs personnes sont réunies, il faut savoir choisir l'instant juste; c'est le cas de cette photo qui montre le bonheur des membres d'une famille jouant ensemble.

Être attentif au décor

Observer attentivement les gens, c'est aussi être attentif au décor dans lequel ils évoluent et savoir en apprécier les possibilités photographiques. Le lien entre une personne et son environnement joue parfois un rôle primordial dans la réussite d'une photo. Il arrive souvent que l'arrière-plan aide à situer une personne dans son contexte parce qu'il apporte des précisions sur sa personnalité, son métier ou l'environnement qu'elle affectionne. Sur la photo ci-contre, la présence de la grange nous aide à identifier le personnage; un portrait en gros-plan ne nous renseignerait pas sur sa profession. Il en va de même pour la photo de la page de droite : grâce à l'encadrement formé par la fenêtre du métro et les visages de quelques passagers, le photographe a bien mis en évidence la solitude de cette jeune femme perdue dans ses pensées.

   Quand vous photographiez un personnage, observez bien le cadre dans lequel il se trouve. Réfléchissez à ce que vous voulez exprimer dans votre photo et, en conséquence, choisissez d'inclure ou non le décor. Grâce à ce décor, vos photos de voyage seront parfois plus parlantes, et si vous prenez en photo vos compagnons de voyage, l'arrière-plan renseignera souvent sur le lieu de la prise de vue. A l'étranger, quand vous photographiez des habitants du pays, ajoutez un peu de couleur locale si vous voulez rendre vos photos plus explicites et plus typées.

   Lorsque vous photographiez des gens dans leur cadre de vie, assurez-vous que l'arrière-plan ne soit pas superflu. Sinon il pourrait détourner l'attention du véritable sujet de la photo, le personnage. Il est en général préférable que s'établisse un lien évident entre le sujet et son cadre, comme dans la photo ci-contre où le simple fait que l'homme s'appuie contre la porte de la grange suggère une connivence entre le sujet et son cadre. Veillez à ce que le sujet ne soit pas disproportionné par rapport au cadre et éliminez tout ce qui pourrait distraire l'attention. Il est indispensable de savoir à l'avance ce qui attirera en premier l'œil du spectateur. Ce qui occupe le plus d'espace sur la photo, qu'il s'agisse du personnage ou du décor, retient davantage l'attention. Les couleurs vives, les zones claires, les réflexions et les lignes qui brisent une harmonie générale peuvent aussi faire négliger des éléments plus importants.

   Mais le décor peut aussi contribuer à l'intérêt visuel d'une photo. Lorsque vous regardez un décor, apprenez à en reconnaître la structure (lignes, formes, couleurs ou textures). Notez les encadrements naturels qui donnent de la profondeur (la fenêtre du métro ou les planches de la grange). Mais surtout n'oubliez jamais que chaque élément, si petit soit-il, joue un rôle dans l'effet d'ensemble et contribue à la réussite de la photo.

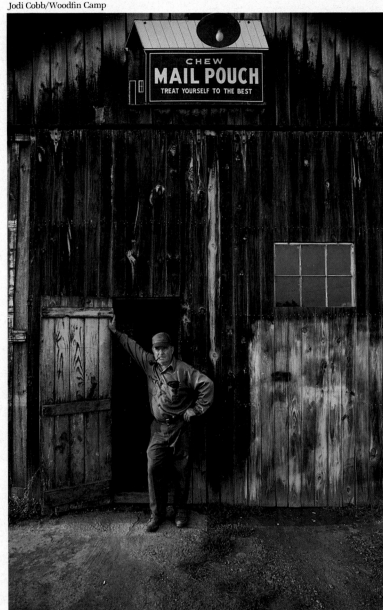

Le personnage n'occupe qu'une partie de l'image, et pourtant l'ensemble constitue un portrait réussi et bien placé dans son contexte. La grange, le sol usé, la position de l'homme et même le panonceau tout en haut, tous ces détails décrivent le personnage et sa vie quotidienne.

Leo Rubinfien

C'est une vision bien banale qu'un métro bondé avec un personnage isolé regardant par la fenêtre. Un portrait limité uniquement au visage de cette femme serait moins intéressant, car c'est le cadre qui donne son ambiance particulière à la scène.

Savoir analyser du regard

Pour réussir ses photos, il faut aussi savoir analyser du regard, apprécier d'un simple coup d'œil les possibilités photographiques d'une situation. Pour y parvenir, il vous faudra parfois être sur le qui-vive et observer les faits et gestes de votre entourage de telle sorte que vous puissiez déclencher au moment décisif. Parfois aussi, il faudra que vous ayez su percevoir la structure visuelle de la scène (lignes, formes, couleurs, disposition dans l'espace) pour choisir en conséquence le meilleur angle, le meilleur point de vue et le meilleur cadrage. Mais il vous faudra toujours que vous sachiez évaluer d'un coup d'œil l'aspect narratif de la scène et ses qualités propres qui seules compteront, une fois la scène isolée de son contexte.

Pour savoir si une scène remplit ces conditions, il vous suffit de vous poser une seule question : « Faudra-t-il que j'explique quelque chose pour qu'on voie ce que j'ai voulu dire ? ». Si c'est « non », votre photo aura sans doute des qualités visuelles suffisantes.

Pour plusieurs raisons il est très important de savoir analyser l'impact d'une scène. La première, c'est que vos photos correspondront plus à l'image que vous avez vue et conçue au moment du déclenchement. La seconde, c'est qu'elles seront mieux élaborées sur le plan esthétique, et, par conséquent, plus agréables à regarder. La troisième, qui est peut-être la plus importante, c'est qu'elles susciteront une émotion plus vive chez l'observateur. La photo a ce pouvoir médiumnique de jouer sur toute la gamme des émotions humaines. Leur pouvoir varie selon le genre d'associations que nous établissons d'instinct avec elles et qui découlent pour l'essentiel de notre vécu personnel et de notre type de sensibilité. Si vous voulez que vos photos parlent au cœur et à l'imagination, il faut que vous sachiez évaluer les qualités visuelles et émotionnelles de chaque scène.

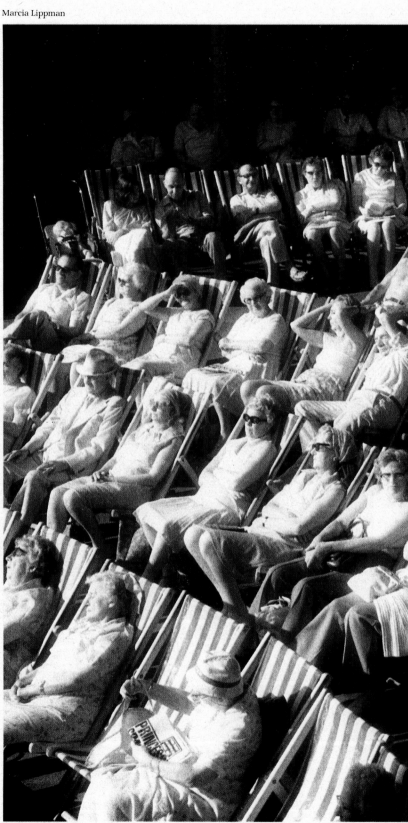

Marcia Lippman

Le photographe a su reconnaître les éléments visuels de cette scène (symétrie des rangées de chaises longues et des rayures de la toile) et les mettre en valeur en choisissant un point de vue dominant. Le virage ajouté ensuite, qui donne cette teinte sépia, renforce l'impression d'un après-midi passé à prendre le soleil.

L'humour en photographie

Mettre de l'humour dans ses photos est une des choses les plus difficiles à réussir. Il s'agit d'une part de quelque chose de très subjectif, et d'autre part de très fugitif. Une scène est drôle lorsque des éléments visuels discordants sont juxtaposés, bien souvent l'espace d'un instant. Elle peut l'être également lorsqu'il y a un décalage entre l'apparence de ce que nous voyons et la réalité. D'autres scènes sont amusantes parce que cocasses; c'est le cas des deux photos ci-contre où l'on voit un mastodonte avec de minuscules jumelles et un chérubin avec des jumelles démesurées. Parfois le photographe crée l'humour de toutes pièces : les personnes qui regardent derrière les deux téléscopes ne prêteraient pas à sourire s'il n'y avait à leur côté une femme dont le regard se porte dans la même direction, l'appareil photo prêt à déclencher.

L'humour visuel n'a rien à voir avec le propos humoristique; en photographie, seul ce qui est vraiment drôle à regarder peut donner une photo humoristique. Si vous devez décrire une photo pour qu'elle puisse être amusante, vous ne ferez rire personne; une photo qu'il faut analyser longuement pour y découvrir de l'humour ne sera pas plus amusante.

Bien entendu, il arrive que les gens soient naturellement drôles dans leur vie quotidienne. Mais celui qui veut faire des photos amusantes de personnages doit rester à l'affût et guetter les juxtapositions inattendues ou les situations burlesques qui provoquent le rire ou le sourire. Pour y parvenir, il faut être toujours prêt. Des situations drôles qui pourraient donner lieu à des photos amusantes, il s'en produit tous les jours; mais il est beaucoup plus rare qu'un photographe soit là et prêt à les saisir. L'humour visuel ne se prévoit pas : il faudrait avoir continuellement à la main un appareil chargé et pré-réglé pour saisir quelques-unes des scènes amusantes que l'on rencontre à longueur de journée.

Ne désespérez pas si vos photos humoristiques ne semblent plus aussi amusantes lorsque vous les regarderez au retour du laboratoire. Continuez à chercher des situations comiques autour de vous et, peu à peu, vous verrez vos photos devenir plus humoristiques. Enfin, si vous guettez sans cesse des situations cocasses dans votre travail, vos loisirs, votre entourage, la vie vous paraîtra plus drôle, ce qui est déjà un bon point.

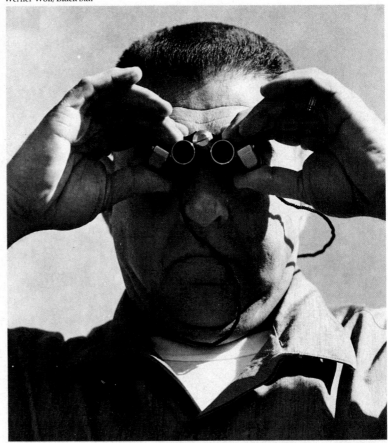

Un homme à la stature imposante avec de minuscules jumelles, un petit garçon avec d'énormes jumelles : l'humour naît de rapprochements inattendus entre éléments ordinaires. Et c'est encore plus significatif si l'on y juxtapose une autre photo sur le même thème, mais inversé cette fois-ci.

Len Jenshel

Cary Bernstein

Les photos d'objets
anthropomorphiques sont
parfois drôles, surtout
quand elles présentent
plusieurs personnes dans
une position identique.
C'est à vous de découvrir
le sujet. Vous serez plus
sensible à ce type
d'humour si vous regardez
la scène d'un point de vue
global sans en analyser
chaque détail.

Les enfants savent être
drôles. Ci-contre, tout un
groupe d'enfants a
« disparu » pour ne laisser
place qu'à des sacs en
papier et à des jambes.
L'effet comique est encore
accentué par le fait que les
enfants sont en groupe :
avec un seul, nous nous
demanderions en effet ce
qui se passe, mais cela ne
provoquerait sans doute
pas notre rire.

L'atmosphère d'une photo

Len Jenshel

L'atmosphère d'une photo, c'est cette qualité d'émotion qui émane de l'ensemble et qui nous fait réagir au premier coup d'œil. Avant même de saisir les détails d'une photo, nous sommes sensibles à son atmosphère.

Toutes les photos de personnages dégagent leur atmosphère propre. Elle peut être à peine perceptible ou au contraire très accentuée, dense ou diffuse. Mais de toute façon, quel que soit notre regard sur les autres, il y a toujours un courant affectif ou émotionnel. Regardez attentivement des photos de personnages et demandez-vous quelle ambiance elles évoquent. Dans certains cas, vous vous sentirez attendris, dans d'autres cas, vous serez plutôt irrités. Parfois vous partagerez la joie des personnages, pour d'autres photos vous serez ravis de ne pas avoir été avec eux.

Il est facile de déceler l'atmosphère propre d'une photo. Par exemple, les sujets de ces deux pages évoquent une ambiance paisible ou songeuse. Leurs photographes ont reconnu en eux un pouvoir émotionnel assez fort pour qu'ils soient conduits à les photographier. C'est pourquoi tous les deux ont pris leur photo de façon à mettre en évidence l'émotion qu'ils avaient ressentie.

L'atmosphère vient en partie de la façon dont le spectateur considère la photo. La photo d'un lac calme et tranquille peut évoquer de paisibles et doux moments de vacances, mais elle peut aussi évoquer un souvenir précis de votre enfance. Quelle que soit l'atmosphère d'une photo, vous l'intégrerez à votre propre perception des choses et la modifierez en fonction de vos sentiments.

Tout compte fait, c'est souvent l'atmosphère qui vous pousse à prendre une photo. Si vous cherchez dans votre expérience, vous constaterez que, chaque fois que vous avez vraiment voulu prendre une photo, c'était parce que vous aviez fortement réagi à la scène.

Ici, on est loin de tout. C'est le calme et la quiétude. Le photographe a étudié son cadrage de façon à créer un premier plan important avec les arbres, tout en donnant de la profondeur à l'image avec l'autre rive éloignée de ce lac paisible et avec l'arrière-plan de montagnes plus lointaines encore. Les petites ondes qui parcourent la surface de l'eau et le mouvement des enfants donnent en contrepoint un caractère humain à la scène.

Linda Benedict-Jones

Il n'y a pas de truc pour donner de l'atmosphère à une photo. Mais si vous prenez certaines habitudes, cela vous aidera. D'abord, sachez reconnaître quels sont les éléments visuels qui créent les émotions que vous ressentez. Cela sera parfois l'expression du visage, la position du corps ou les rapports entre les personnages. Cela sera presque toujours lié à la qualité de la lumière, qui agit souvent comme catalyseur de nos émotions. Lorsque vous saurez isoler ces facteurs du reste de la scène, vos photos montreront plus fidèlement ce que vous avez ressenti en les prenant. Et elles deviendront une image plus juste des sensations et de l'émotion qui les ont fait naître en vous.

C'est une scène bien commune que de voir une jeune femme perdue dans ses pensées au cours d'un trajet en bus.
Ici, le reflet de son visage sur la vitre donne une note de réconfort; la jeune femme est en quelque sorte moins seule.

Étudiez la lumière

La lumière est la source de toute photographie. Elle éclaire, colore, façonne les personnages photographiés. C'est la lumière qui décide de ce qui est envisageable de faire dans une photo; c'est elle également qui détermine les conditions de prise de vue.

On ne saurait trop vous conseiller de faire très attention à la lumière, qu'elle soit naturelle ou artificielle. Vous devrez parvenir à la connaître suffisamment bien pour en apprécier les caractéristiques lorsque vous prenez une photo et pour savoir d'avance le résultat final.

Regardez comment une lumière se transforme selon la position du soleil. L'aspect en sera très différent si le soleil est en face, sur le côté ou à l'arrière du sujet; et cet aspect change d'ailleurs de façon spectaculaire entre midi et le coucher du soleil. Soyez attentif aux variations de la lumière entre un jour ensoleillé et l'éclairage plus diffus d'un ciel couvert.

La lumière artificielle est encore plus délicate à utiliser. En effet, elle peut selon les cas donner des colorations différentes et provenir à la fois de divers endroits. Une source de lumière située au-dessus d'un personnage a pour effet de mettre le nez en relief et de creuser les orbites. Les sources lumineuses moins ponctuelles (par exemple avec des réflecteurs) donnent des ombres moins prononcées que les sources lumineuses unidirectionnelles (comme les ampoules électriques nues). Si vous utilisez un flash, sachez qu'il écrasera le visage de vos sujets. Dans les pages 88 à 105 de ce livre, nous examinerons plus en détail les différents types de lumière possibles. Mais aucun conseil ne remplacera jamais les observations que vous ferez vous-même.

Il faut aussi tenir compte d'un autre facteur : la lumière ne change pas seulement ce qu'on voit, elle change aussi ce que l'on ressent. Certains types de lumière servent à renforcer l'atmosphère d'une photo, et suffisent même parfois à la créer. Par exemple, si l'on photographie une famille réunie autour d'un feu de bois, cela donne une ambiance feutrée.

Vous pouvez régler vous-même l'éclairage; ou vous adapter à ses variations; mais, de toute façon, vous devez vous efforcer de reconnaître les qualités émotionnelles et psychologiques qui, dans une photo, résultent de la lumière. La lumière, ce n'est pas seulement l'éclairage. C'est aussi la composante essentielle de l'ambiance d'une photo.

Une lumière diffuse et sans direction apparente laisse aux personnages et aux objets de cette photo leur relief naturel.
La dominante bleue vient de ce que la scène est à l'ombre, par un jour ensoleillé; cela donne une impression de fraîcheur et de douceur.

David Hamilton/The Image Bank

L'éclairage en contre-jour fait disparaître les détails et aplatit les volumes pour n'en laisser que les contours ou le dessin. Le premier plan composé de silhouettes n'est là que pour signifier la scène et, par contraste, mettre en valeur l'importance du décor à l'arrière-plan. Cette photo nous montre plus la vie d'une ferme en général que les personnages qui y travaillent.

L'éclairage latéral met en relief le visage de la fillette et la texture de la serviette éponge. Un éclairage de face, plus direct (un flash fixé sur l'appareil, par exemple), aurait écrasé l'image et n'aurait pas fait apparaître les traits délicats de l'enfant.

Savoir renforcer l'atmosphère d'une photo

L'atmosphère, c'est l'impression, très subjective, que ressent le photographe. Mais cette atmosphère change très rapidement, et d'infimes variations suffisent à la transformer radicalement. Il peut vous arriver de vouloir utiliser les éléments d'une photo de façon à en accentuer l'atmosphère ou à la modifier.

Modifier l'atmosphère d'une photo, cela implique certaines adaptations créatives. Le secret, c'est de savoir analyser ce qu'on voit, de savoir ce que les éléments visuels d'une photo évoqueront, tant sur le plan psychologique que sur le plan émotionnel. Il faut aussi de l'imagination pour être capable d'anticiper le résultat final et être à même de savoir l'infléchir le cas échéant.

La façon la plus évidente de modifier l'atmosphère d'une photo, c'est de modifier la lumière. On peut éclairer plus ou moins la scène, changer la direction de la lumière, modifier sa couleur; tout cela tantôt renforcera, tantôt transformera l'ambiance d'une scène. Il suffit parfois d'attendre que l'éclairage naturel change. Par exemple, si vous photographiez quelqu'un dans un parc d'attractions, il aura l'air plus heureux si vous le photographiez en plein soleil, alors que si vous le photographiez à l'ombre bleutée d'un nuage qui passe, il paraîtra moins enjoué. Parfois, une lumière d'appoint fera ressortir les formes et atténuera les contrastes trop violents. Une lumière colorée, qu'elle soit chaude ou froide, modifie toujours la charge émotionnelle d'une scène.

Après l'étude de la lumière viennent le point de vue et le cadrage, très importants également pour modifier l'ambiance d'une photo. Lorsque vous visez, cherchez ce qui doit figurer sur la photo pour l'améliorer. Cadrez de façon à mettre en évidence ce qui est important et à atténuer ce qui est secondaire et pourrait détourner l'attention du principal. Si vous hésitez à inclure un élément dans votre cadrage, essayez d'imaginer votre photo avec et sans cet élément.

Un changement de point de vue permet aussi de modifier totalement l'atmosphère d'une photo. Les photos qui illustrent ces deux pages montrent toutes les trois comment le point de vue et l'angle de prise de vue peuvent contribuer à créer l'ambiance de la photo. Le point de vue éloigné choisi pour la photo des personnages assis sur le ponton rend ceux-ci plus distants, plus anonymes; on sent qu'ils sont plongés dans leurs pensées ou dans leur discussion. Sur la page de droite, on voit deux exemples de photos prises, la première légèrement en plongée, la seconde franchement en plongée. Sur la photo du haut, l'angle de prise de vue et l'encadrement sombre du feuillage accentuent la solitude du musicien, tandis que sur la photo du bas, l'angle de prise de vue très élevé dirige notre attention sur la forme des danseurs et crée une ambiance qui repose entièrement sur les couleurs et le mouvement.

Le cadrage et la position de l'appareil sont des facteurs décisifs dans l'ambiance de cette photo. La jetée rouge occupe la plus grande partie de la photo, ce qui lui donne un graphisme et une vie qu'elle n'aurait pas eus si le photographe s'était contenté de photographier de près deux personnes au bord de l'eau.

Le décor naturel de feuillage plus sombre concentre notre attention sur le joueur de trombone. Le photographe a su profiter de l'heure où l'éclairage diffus venu d'en haut mettait en valeur les meubles blancs du jardin et le métal de l'instrument de musique.

C'est l'angle de prise de vue qui donne son ambiance à cette photo. Grâce à un point de vue surplombant, les personnes ne sont plus que des formes blanches et rouges en mouvement, qui se détachent sur un fond vert de prairie.

Participez !

La position de ce sportif fait un contrepoint inattendu aux statues du monument; le décor, vide de tout autre détail, renforce encore cette opposition.

Comme photographe, vous êtes le créateur actif de vos photos. Vous ne vous bornez pas à recueillir ce que vous voyez. C'est vous qui produisez la photo : ce sera parfois en donnant des directives à vos personnages ou encore en choisissant tel ou tel cadrage, en créant telle ou telle ambiance ou en vous contentant d'enregistrer l'action.

Le secret de la réussite d'une photo, et tout particulièrement d'une photo de personnage, est de prendre part à l'action et de vous impliquer personnellement. Soyez ouvert à toutes les possibilités et exploitez-les à fond. Si certains sujets vous paraissent intéressants ou si vous êtes intrigués par ce qu'ils font, prenez la photo. Tout de suite. Si vous devez vous déplacer ou demander aux personnages d'accomplir tel ou tel geste, faites-le.

Les photos que vous aurez senties auront nécessairement un impact plus fort que celles qui vous auront laissé indifférent. Cela est vrai pour toutes les photos de personnages, mais encore plus pour les photos de votre famille ou de vos amis. Mais, même lorsqu'il s'agit d'inconnus, n'hésitez pas non plus à vous impliquer : cela ne pourra que vous donner plus d'expérience et vous permettre d'aboutir au meilleur résultat.

Plaisir de photographier les gens prodigue de très nombreux conseils sur pratiquement toutes les sortes de prises de vues de personnages. Au fur et à mesure que vous avancerez dans votre lecture, suivez ces conseils et essayez de voir comment vous pourriez améliorer votre technique.

Attention : ne confondez pas conseil et règle absolue. Car il n'y a pas de véritable règle pour les photos de personnages. Tous les personnages sont uniques, et aucun moment ne ressemble au précédent. Pour que vos photos soient expressives et suscitent une réaction, il vous faut voir à chaque fois la situation d'un œil neuf et décider en conséquence de la méthode créative que vous allez employer. Heureusement, c'est un entraînement et, avec le temps, l'intuition photographique s'affirme et se renforce.

Les personnages à photographier sont innombrables, et la variété des sujets qui peuvent intéresser le photographe est infinie. Mêlez-vous aux gens, parlez avec eux, riez avec eux. Vous serez étonné par la richesse des relations humaines. Vos photos seront meilleures — et votre vie sera plus riche des contacts que vous aurez établis.

Un portrait mélancolique, comme celui de cette jeune femme, ne peut être réalisé que si le sujet est totalement détendu. Ici, la robe noire se fond dans l'arrière-plan : le visage et la main sont ainsi mieux mis en valeur.

Deuxième partie

Matériel et Technique

Les appareils

Neil Montanus

Voici quelques appareils 24 × 36 plus ou moins sophistiqués que vous pourrez utiliser pour photographier des gens. Les deux reflex du haut permettent une grande souplesse d'utilisation tant pour la justesse de l'exposition que pour la multiplicité des objectifs et la variété des accessoires. Pour les photos courantes ou celles prises sur le vif, les modèles compact à viseur optique donnent la même qualité d'image que les boîtiers à objectif interchangeable; toutefois, ayant une focale fixe, leurs possibilités sont plus limitées.

Le photographe qui veut faire des photos de personnages se trouve devant un large éventail d'appareils. Les appareils de faible encombrement, comme les appareils à disque ou les appareils 24×36, peuvent s'emporter partout et permettent aussi facilement les photos prises sur le vif que les photos posées, qui demandent plus de réflexion. Un des types d'appareils faciles à utiliser possède un système de visée à travers l'objectif qui permet de cadrer avec précision et de faire directement la mise au point sur l'image. Ce dispositif, dit reflex, permet aussi d'effectuer toutes les corrections nécessaires lorsqu'on change d'objectif ou lorsqu'on utilise un accessoire que l'on place devant l'objectif (filtre ou lentille par exemple). Pour les appareils compact qui ne sont pas des reflex, le viseur donne une image similaire à celle qui sera sur le film. Les appareils plus perfectionnés ont en général un télémètre; il s'agit d'un dispositif qui permet de faire la mise au point de la distance avec précision en superposant deux images dans le viseur.

Actuellement les appareils compact ou à objectif interchangeable comportent des dispositifs sophistiqués qui permettent de mesurer l'intensité de la lumière, de régler l'exposition et même de faire une mise au point très précise. Le système le plus simple, que l'on trouve sur la plupart des réflex, est un système *manuel* de réglage de l'exposition. Une aiguille ou des diodes clignotantes dans le viseur vous indiquent si l'ouverture et la vitesse que vous avez choisies correspondent à l'intensité moyenne de la lumière de votre scène. Ce système vous laisse la décision du réglage, ce qui est très appréciable lorsque l'éclairage pose un problème, ou bien lorsque le sujet se déplace rapidement, ou encore lorsque vous voulez modifier la profondeur de champ ou créer un effet spécial. Mais, en contrepartie, chaque photo demande un réglage précis.

Les appareils possédant un réglage semi-automatique de l'exposition sont d'un emploi un peu plus délicat. Sur la plupart d'entre eux, le réglage se fait avec *priorité à l'ouverture* : vous réglez l'ouverture du diaphragme et le système sélectionne la vitesse correspondante. Le seul inconvénient est qu'il arrive que l'appareil sélectionne une vitesse trop lente pour figer un mouvement; c'est ce que montrent les deux photos de la petite fille qui saute à la corde (en bas de la page de droite). Pour les appareils semi-automatiques avec *priorité à la vitesse*, c'est le contraire : vous choisissez la vitesse et l'appareil sélectionne l'ouverture correspondante. C'est le

Tom Beelman

Sur les appareils avec priorité à la vitesse, vous choisissez une vitesse et l'appareil détermine l'ouverture correspondante. Mais avec une grande vitesse, l'appareil est souvent contraint d'utiliser une grande ouverture, ce qui réduit la profondeur de champ; lorsque deux objets sont éloignés l'un de l'autre, l'un des deux est alors flou (photo de gauche). Avec une plus petite vitesse, l'ouverture sera automatiquement moindre et la profondeur de champ plus importante (photo ci-dessous).

◄
1/500 sec, f/5.6

1/30 sec, f/22
▼

meilleur système pour figer une action sportive; mais il y a des circonstances où l'ouverture sélectionnée par l'appareil est si grande que la profondeur de champ sera trop réduite pour que des sujets éloignés les uns des autres soient nets simultanément; c'est ce que montrent les deux photos de motocyclistes.

Les appareils totalement automatiques sont dits *entièrement programmés*, car ils sont équipés d'un programme qui règle à la fois la vitesse et l'ouverture suivant l'intensité de la lumière. Vous n'avez qu'à faire la mise au point et à appuyer sur le déclencheur. Ce système est parfait pour les photos courantes qui ne demandent pas des réglages sophistiqués. Mais, lorsque la lumière est insuffisante, il arrive que l'appareil fasse le réglage avec une ouverture trop grande pour avoir une profondeur de champ satisfaisante ou avec une vitesse trop lente pour figer un mouvement.

De nombreux appareils compact ou reflex (24×36) ont un automatisme débrayable et vous donnent la possibilité de choisir à la fois la vitesse et l'ouverture. Il existe aussi des appareils reflex haut de gamme qui autorisent *plusieurs modes de réglage*. Il suffit d'agir sur une commande pour passer du mode manuel au mode automatique avec priorité à l'ouverture ou au mode automatique avec priorité à la vitesse ou au mode programme.

La majorité des appareils compact, ainsi que quelques reflex, disposent d'une mise au point automatique en plus du réglage automatique de l'exposition. Avec ce type d'appareil, vous pouvez vraiment viser et déclencher sans faire aucun réglage, tout en obtenant une bonne qualité d'image. Mais ces appareils peuvent se tromper; cela arrive en particulier lorsque le sujet n'est pas au centre de la photo ou lorsque la lumière est faible ou que le sujet est peu contrasté.

Neil Montanus

1/30 sec, f/16

1/500 sec, f/4

Sur les appareils avec priorité à l'ouverture, vous choisissez une ouverture et l'appareil détermine la vitesse correspondante. Mais avec une petite ouverture, l'appareil est amené à indiquer une vitesse d'obturation faible : les sujets en mouvement seront alors flous (photo de gauche). Avec une plus grande ouverture, l'appareil sélectionne une vitesse plus rapide : le mouvement sera alors figé (photo de droite).

L'objectif pour les portraits

Si vous demandiez à des photographes professionnels quel est leur objectif préféré pour les photos de personnages, ils vous répondraient à une grande majorité que c'est un téléobjectif (objectif dont la distance focale s'établit entre 85 et 135 mm pour les appareils 24×36). Cet objectif est d'ailleurs tellement utilisé à cette fin qu'on le désigne souvent sous le nom d'objectif à portrait. Il convient particulièrement aux portraits en buste ainsi qu'aux gros plans rapprochés du visage.

Parmi les raisons qui justifient le choix de cet objectif, signalons sa façon de traiter la perspective pour les photos de personnages (sa distance focale est assez courte pour qu'il reste facile à utiliser). Regardez la photo du bas, sur la série des trois photos; vous constatez que l'usage du téléobjectif permet de donner suffisamment d'importance au personnage, avec une netteté d'image et une absence de déformation; cet objectif permet de s'éloigner un peu du sujet tout en le gardant à la même dimension sur l'image. Pour obtenir un personnage de taille identique avec un objectif grand-angulaire (photo du haut), voire avec un objectif standard (photo du centre), on est obligé de beaucoup se rapprocher du sujet, ce qui provoque une déformation : le nez étant beaucoup plus près de l'appareil que les oreilles paraît en général bien plus gros, et le visage prend un aspect gonflé. De même, si le sujet avance la main vers l'appareil, celle-ci paraît énorme en comparaison du reste du corps; si le sujet penche la tête en avant, le haut devient beaucoup trop gros. Au contraire, avec un téléobjectif, toutes les parties de son corps et de sa tête seront relativement à la même distance de l'appareil, si bien que les proportions dans l'image seront respectées.

Le téléobjectif a aussi un effet favorable sur l'arrière-plan. Son angle est plus fermé; il enregistre donc une plus petite partie de l'arrière-plan et le simplifie en même temps; le sujet se détache alors mieux sur le fond. Cet objectif réduit aussi la distance apparente entre les objets proches et éloignés (ceux-ci paraissent plus près du sujet). Cela permet aussi d'éliminer les détails inutiles ou de placer le sujet au cœur d'un décor pittoresque, comme une cascade ou une montagne.

La profondeur de champ plus réduite du téléobjectif a un avantage supplémentaire. Avec une grande ouverture, on peut aisément isoler le sujet qui se détache, bien net, sur un fond flou et coloré. On peut aussi se servir d'un détail qui se trouve très près de l'appareil pour en faire un encadrement légèrement flou.

En plus de ces avantages proprement photographiques, le téléobjectif a également un

avantage psychologique. Il vous permet d'être plus loin de vos sujets; ceux-ci se sentent moins gênés que par une présence trop proche; ils oublieront plus facilement l'appareil et seront donc plus à l'aise que si vous les photographiez à bout portant.

Cependant le téléobjectif a aussi quelques inconvénients. Avec une profondeur de champ plus réduite, la mise au point doit être très précise, et, d'autre part le champ couvert étant plus réduit, il faut utiliser une plus grande vitesse (au moins 1/125 s) si l'on ne veut pas bouger. Enfin, si vous utilisez un téléobjectif à l'intérieur, il se peut que vous n'ayez pas assez de recul.

Martin Czamanske

Grand-angulaire de 28 mm

Objectif normal de 50 mm

Téléobjectif de 105 mm

Avec un grand-angulaire de 28 mm, le photographe doit se tenir à moins de 50 cm du sujet s'il veut le cadrer en buste. A cette distance, le nez de l'étudiant paraît nettement trop gros par rapport à ses oreilles. L'angle de prise de vue, de 74°, a permis de photographier tout le campus; le bâtiment à coupole paraît très lointain.

Avec un objectif normal de 50 mm, le photographe a pu se tenir à plus d'un mètre du sujet, tout en conservant le même plan. Les proportions entre le nez et les oreilles sont meilleures, mais le nez est encore légèrement trop gros. L'angle de prise de vue est plus petit (46°); le campus est moins visible : sa distance, d'une part, et ses proportions, d'autre part, nous paraissent naturelles.

Avec un petit téléobjectif de 105 mm, le photographe a pu reculer jusqu'à 2,50 m du sujet tout en lui gardant la même importance. Le nez a maintenant sa bonne proportion par rapport au visage. L'angle plus fermé de prise de vue (23°) n'a permis de prendre qu'une petite partie du bâtiment qui se trouve, par effet de perspective, considérablement rapproché du sujet.

On utilise souvent le téléobjectif pour les photos d'enfants, notamment celles prises sur le vif; c'est ce qu'a fait le reporter Eve Arnold pour saisir le câlin de cette petite fille à son chien. Avec une focale plus longue que la normale, il est possible de rester à une certaine distance et de photographier plus discrètement les enfants sans qu'ils s'en aperçoivent.

Le téléobjectif moyen réduit la distance apparente entre le premier plan et l'arrière-plan. La maison sert d'encadrement à ce vieux bûcheron et son chien.

Les autres objectifs

Il n'y a pas que le téléobjectif qui soit utile, ou même indispensable, pour les photos de personnages. L'objectif normal de 50 mm est celui qui se rapproche le plus de notre vision pour le rapport entre les différents plans; il est donc très utile pour donner une idée fidèle d'une scène, pour respecter les proportions entre des sujets situés à différentes distances de l'appareil ou entre le sujet et son environnement. Un objectif normal permet le plus souvent une ouverture maximale supérieure à celle que l'on peut avoir avec un objectif grand-angulaire ou un téléobjectif; cette possibilité d'ouvrir plus permet en contrepartie de choisir une plus grande vitesse pour figer un mouvement, ou pour photographier sans pied malgré une faible intensité lumineuse.

Il est indispensable de disposer d'un téléobjectif de 180 ou 200 mm, voire plus, pour photographier des événements sportifs par exemple, car vous ne pouvez pas vous approcher du centre de l'action (voir la photo des cavaliers de la page de droite par exemple). Mais les téléobjectifs à plus longue focale sont d'un usage moins pratique. La mise au point doit être extrêmement précise car la profondeur de champ est très limitée. De plus, si vous n'utilisez pas de pied, vous devez choisir une grande vitesse, sinon le moindre mouvement de votre part sera amplifié par l'appareil. Pour faciliter, on conseille d'opérer à une vitesse dont l'expression en centième de seconde soit égale ou supérieure à la distance focale en mm. Pour un téléobjectif de 200 mm, prenez une vitesse de 1/250 s, et pour un téléobjectif de 500 mm, une vitesse de 1/500 s. Si cela est impossible, utilisez un pied ou à défaut appuyez l'appareil contre un poteau ou tout autre support afin de ne pas bouger.

Avec un grand-angulaire moyen (35 ou 28 mm), le champ couvert est plus vaste et la profondeur de champ est très étendue, surtout aux petites ouvertures de diaphragme. Cela est très précieux pour les photos de groupe, et plus particulièrement si l'on manque de recul. Et c'est indispensable lorsque les membres d'un groupe sont disséminés entre le premier plan et l'arrière-plan (une famille réunie autour d'une table pendant un repas par exemple). Avec une petite ouverture (f/11 environ), on peut prendre tous les personnages situés à partir d'un minimum de 1 m et au-delà avec une précision satisfaisante. On peut aussi utiliser un grand-angulaire pour photographier les mouvements de très près car cet objectif a tendance à les minimiser.

Le grand-angulaire grossit les objets situés près de l'appareil; donc il vaut mieux éviter de s'en servir pour les portraits. Mais si vous l'utilisez quand même, veillez à maintenir l'appareil bien horizontal face au sujet, et non incliné : cela permet de minimiser les déformations. Essayez de cadrer

Martin Czamanske

Grand-angulaire de 28 mm

Le champ important couvert par un grand-angulaire de 28 mm nous montre, à la fois, en entier la joueuse en pleine action et une grande partie de l'arrière-plan. Mais nous ne savons presque rien de son caractère car son visage est trop petit par rapport à toute l'image.

Objectif normal de 50 mm

De la même distance, mais avec un objectif normal de 50 mm, l'intérêt se partage équitablement entre le mouvement de la joueuse et son expression. Le décor est devenu secondaire.

Téléobjectif de 105 mm

Avec un téléobjectif de 105 mm, la photo devient un portrait bien plus intime. On ne voit presque plus que le visage; cependant, la raquette et les lignes blanches du court nous indiquent encore qu'il s'agit d'une joueuse de tennis.

de façon à ne pas mettre une partie importante du sujet (le visage par exemple) près des bords de la photo et qu'aucune partie du sujet ne soit très près de l'appareil. Malgré tout, il ne s'agit pas de règles inflexibles. On peut parfois utiliser la déformation due à l'emploi d'un objectif pour un effet spécial (voir la photo du personnage assis, en bas de la page de droite).

Les zooms peuvent remplacer d'autres objectifs pour les photos de personnages; cela est surtout intéressant si on peut compenser leur ouverture maximale plus réduite en opérant à l'extérieur ou avec un flash. Un zoom dont la distance focale peut varier entre 80 et 200 mm est très utile dans de nombreux cas : on peut l'utiliser pour les portraits (avec une courte distance focale), mais aussi pour les sports ou les photos prises sur le vif (avec une distance focale plus longue).

Le téléobjectif devient indispensable pour les événements sportifs (ou pour tout autre activité qui empêche le photographe de se trouver au cœur de l'action). Ci-dessus, dans le nord de l'Afghanistan, des Turkmènes jouent au bouzkachi (jeu qui ressemble un peu au polo).

On utilise rarement un grand-angulaire pour les portraits. C'est pourtant ce qu'on a fait pour photographier cet homme imposant dans son costume du dimanche. Les parties du corps plus proches de l'appareil sont fortement grossies : cette particularité de l'objectif a été judicieusement utilisée pour donner encore plus de puissance aux mains du personnage, contrastant avec la calotte finement ouvragée.

Les objectifs utilisés pour des effets spéciaux

Le grand-angulaire et le téléobjectif peuvent s'utiliser pour obtenir des effets plus spéciaux. On peut déformer, légèrement ou fortement selon le cas, les personnages, faire nettement ressortir le sujet sur le fond, ou donner plus de densité à une scène. Les effets les plus prononcés sont obtenus avec les focales très courtes comme avec les focales très longues. La photo circulaire (page de droite, en bas) a été obtenue avec un objectif « fish-eye » (œil-de-poisson); elle montre la déformation maximale du grand-angulaire. Un gros plan de visage devient une véritable caricature s'il est pris avec un tel objectif : le nez est énorme, les yeux et la bouche sont très gros tandis que les oreilles sont minuscules et paraissent presque derrière la tête.

Par opposition, ce que l'on obtient avec un objectif de très longue focale, c'est une compression des distances, c'est-à-dire un rapprochement apparent des objets du premier et de l'arrière-plan. Cet effet peut être utilisé pour accentuer la densité des piétons sur le trottoir d'une rue animée, ou pour montrer les visages des spectateurs d'un match de football comme s'ils étaient entassés les uns sur les autres. Mais — et c'est ce que l'on voit sur la photo de la paysanne à droite —, le téléobjectif peut aussi servir à détacher totalement le sujet du fond.

Les effets de ces objectifs sont très marqués; c'est pourquoi la majorité des photographes préfère utiliser des objectifs plus classiques. Et l'on peut aussi obtenir des effets très réussis, surtout avec un grand-angulaire moyen, si on l'utilise en transgressant les règles habituelles d'emploi de cet objectif. Si l'on choisit de faire avancer la main ou le pied du sujet vers un appareil équipé d'un grand-angulaire, on grossit cette partie du sujet (c'est ce qui a été fait pour la photo du plombier de la page 63). Et si vous décidez de pencher l'appareil en prenant la photo, vous obtiendrez une image où les personnages auront la tête très grosse par rapport au reste du corps et de plus petits pieds (c'est ce qu'on voit sur la photo des deux femmes ci-contre).

Pour cette photo, on a utilisé un grand-angulaire en prenant peu de recul et en inclinant l'appareil en plongée, vers le sol; cela a permis de donner plus de valeur à la tête de ces deux adeptes de la secte des Shakers.

Dewitt Jones/Woodfin Camp

Neil Montanus

Un téléobjectif de très longue focale a une profondeur de champ très limitée. Grâce à cette particularité de l'objectif, cette paysanne de Californie se détache très bien sur le fond, d'autant plus que l'éclairage à contre-jour la cerne de lumière.

Le jeu des enfants paraît encore plus fou avec la déformation apportée par l'objectif à image circulaire dit « fish-eye » (œil-de-poisson). Cet objectif, dont la distance focale est comprise entre 6 et 17 mm, couvre 180° et même parfois plus; on ne l'utilise pas pour les photos de personnages, sauf si l'on désire obtenir un effet spécial.

Le film couleur

Tom Beelman

Il existe toute une gamme de films couleur pour les appareils 24×36. Votre choix sera fonction de nombreux paramètres : éclairage faible ou intense, lumière naturelle ou artificielle, sujet fixe ou en mouvement et, aussi, du résultat final souhaité (diapositives ou tirage papier).

Le choix entre le film négatif couleur, réservé aux tirages sur papier, et le film inversible couleur, destiné, lui, aux diapositives, dépend de votre goût personnel et de la façon dont vous voulez présenter vos photos. En règle générale, les diapositives sont moins chères, car elles ne demandent pas de tirage. Les diapositives ont aussi une présence et une luminosité que l'on ne retrouve pas dans les tirages sur papier. Mais le film pour diapositives demande un réglage de l'exposition plus critique. Pour avoir un résultat satisfaisant, il ne faut pas s'écarter de la bonne exposition de plus d'une demi-division de diaphragme en plus ou en moins. Une surexposition d'une division de diaphragme éclaircit fortement la scène alors qu'une sous-exposition d'une division l'assombrit très nettement; cependant, dans les deux cas, le résultat final demeure acceptable.

D'un autre côté, le film négatif couleur permet en général de sous-exposer d'une division de diaphragme et de surexposer de deux divisions, car on peut compenser au moment du tirage. Il faut utiliser le film négatif couleur chaque fois que vous voulez obtenir un tirage sur papier (et surtout si vous voulez plusieurs tirages de la même photo, ce qui arrive très souvent pour les portraits ou les photos de mariage). Si vous voulez avoir quelques-unes de vos photos sous forme de diapositives, il vous sera de toute façon possible de les obtenir à partir du négatif.

Pour les films négatifs comme pour les films inversibles, il faut tenir compte de la sensibilité du film. Cette sensibilité se mesure en ISO; les films couleur courants vont de ISO 25/15° pour les moins sensibles à ISO 1 000/31° pour les films à haute sensibilité. Doubler la valeur ISO du film, cela équivaut à doubler la sensibilité à la lumière. Ainsi un film de ISO 200/24° est deux fois plus sensible qu'un film de ISO 100/21°. Ces nombres sont identiques aux anciens nombres exprimés en ASA; ils sont couplés avec un second nombre qui a pour origine la mesure européenne exprimée en DIN (qui tend à disparaître) : par exemple ISO 400/27°.

Plus un film est sensible (c'est-à-dire plus sa valeur ISO est élevée), moins il faut de lumière pour obtenir une même image; cela rend le film plus facile à utiliser lorsqu'il y a peu de lumière ou lorsqu'on doit utiliser des grandes vitesses pour figer un mouvement. Un film très sensible (au moins ISO 400/27°) est conseillé pour les photos d'événements sportifs ou de sujets en mouvement,

Film KODACHROME 25

Film KODACOLOR VR 1000

pour les photos en intérieur à la lumière naturelle et pour toutes les situations qui demandent une grande souplesse d'utilisation (photos prises sur le vif, par exemple). Les films ultra-sensibles (ISO 1 000/31°) sont particulièrement recommandés pour photographier des mouvements avec peu de lumière.

En général, moins un film est sensible, plus l'image aura de définition, et moins le grain sera visible, plus l'image sera nette. Les films lents (ISO 100/21°, 64/19° ou 25/15°) sont les meilleurs pour le portrait posé (en buste ou en pied) et pour que les détails soient précis et bien visibles. C'est aussi ce type de film qu'il faut utiliser si l'on désire un fort agrandissement de la photo. Pour les situations courantes, les films de sensibilité moyenne (ISO 200/24°) conviennent parfaitement; on les utilise

Ces deux photos de danseuse ont été prises avec le même éclairage (lumière assez faible) et la même ouverture. Mais, pour celle du haut, on a utilisé un Film KODACHROME 25, peu sensible, qui a nécessité une vitesse de 1/8 s — ce qui a donné une image floue —, et pour celle du bas un Film KODACOLOR VR 1000, très sensible, qui a permis de choisir une vitesse de 1/250 s.

pour les photos prises en extérieur à l'ombre, mais par temps assez clair, ou pour les photos en intérieur avec flash.

N'oubliez pas non plus que de nombreux films inversibles peuvent être poussés au développement pour doubler leur sensibilité si c'est nécessaire. Par exemple, le Film KODAK EKTACHROME 400, équilibré pour la lumière du jour, peut être pris à ISO 800/30° s'il est traité en conséquence. Il est très pratique de pouvoir pousser un film lorsqu'on prend des photos sur le vif avec une faible lumière ou lorsqu'on tente de figer un mouvement avec une très grande vitesse. Pour pousser un film, vous n'avez qu'à régler l'appareil sur le double de sa valeur ISO quand vous chargez l'appareil. Toute la pellicule sera alors exposée à ISO 800/30°. Quand vous enverrez votre film au laboratoire, précisez bien que le film a été pris à ISO 800/30° et qu'il doit être traité en conquéquence. Toutefois, ce procédé entraîne une perte de qualité; ne l'utilisez donc que si c'est vraiment indispensable, excepté s'il s'agit d'un film spécialement conçu pour être poussé.

Norman Kerr

Grâce à un film très sensible, la prise de vue s'est effectuée sans l'usage d'un pied; au cours d'une fête printanière à Macao, ces deux enfants ont été photographiés avec comme seul éclairage la lumière des feux de bengale.

Earl Roberge/Photo Researchers

Même les portraits qui ne sont pas réalisés en studio gagnent à être faits avec un film peu sensible, qui donne un grain très fin et une image très détaillée. Sur cette diapositive prise avec un film de ISO 25/15°, on pourrait compter les poils de la barbe de ce bûcheron de l'Oregon.

Le film en noir et blanc

Si vous photographiez quelqu'un en noir et blanc, l'atmosphère de la photo sera souvent très différente de celle de la même photo prise en couleurs. L'image n'a pas autant de présence que la photo couleur car elle est moins réelle. Et malgré tout, une photo noir et blanc est souvent plus directe et plus explicite, parce que notre regard ne se perd pas dans les détails des couleurs. Mais cela tient aussi en partie au fait que nous associons souvent photo noir et blanc et photo journalistique, même si la majorité des reportages se fait actuellement en couleurs. Les photos noir et blanc nous rappellent également les photos historiques ou artistiques qui sont exposées dans les musées ou les galeries. En conséquence, nous leur prêtons une qualité documentaire, nous y voyons un classicisme hors du temps.

Pour la plupart des photos noir et blanc, il faut commencer par choisir la sensibilité du film en gardant à l'esprit le fait qu'avec les films peu sensibles, on obtient en général une image plus définie et un grain plus fin pour les agrandissements. Pour un portrait posé (en buste ou en pied) destiné à être agrandi jusqu'à un format minimum de 18×24 cm, un film de ISO 32/16° (KODAK PANATOMIC-X par exemple) donne une image nette aux détails piqués. Pour des photos prises en extérieur ou avec un flash, on peut utiliser un film plus sensible mais qui donne encore un grain très fin : le Film KODAK PLUS-X Pan, de ISO 125/22° par exemple. Pour photographier avec un peu de lumière ou pour figer un mouvement, un film de ISO 400/27° (KODAK TRI-X Pan par exemple) est conseillé. Le cas échéant, on peut le pousser jusqu'à ISO 800/30°, ou même davantage.

L'atmosphère particulière des photos en noir et blanc peut être accentuée, ce qui permet de plus fignoler le graphisme soit avec des images au grain très apparent soit, au contraire, avec des images très nettes et au grain imperceptible. Si l'on regarde la photo des deux athlètes de la page de droite, on s'aperçoit que la grosseur du grain peut souligner l'aspect documentaire d'une photo, surtout si l'on a figé un mouvement ou si l'on a photographié avec un peu de lumière. A l'inverse, nous associons facilement une grande netteté à de nombreuses photos classiques et artistiques prises avec des appareils de grand format.

On obtient facilement ces deux effets opposés avec deux films particuliers. Le film ultra-sensible KODAK Recording Film 2475 est conçu pour être utilisé avec un faible éclairage. L'utilisation normale de ce film de ISO 1 000/31° donne un grain assez gros. Mais ce film peut être poussé jusqu'à ISO 3 200/36° : il donne alors un grain très prononcé. Cela est encore plus visible si la photo a été fortement agrandie et recadrée ensuite.

Neil Montanus

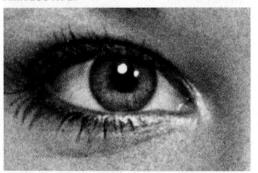

Film PLUS-X Pan

Pour bien montrer la différence de grain et de netteté, le sujet ci-contre a été photographié avec trois films de sensibilité différente. On a ensuite agrandi un même détail de chacune des trois photos. L'éclairage était identique pour les trois photos, et le réglage a été fait pour obtenir une exposition normale avec chacun des trois films.

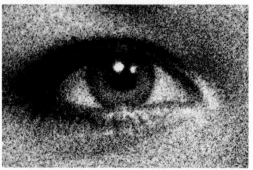

Film Technical Pan

Voici le détail agrandi de la photo prise avec le Film Technical Pan 2415, de ISO 25/15°. Le grain très fin donne une image très nette et très détaillée malgré le fort agrandissement. Ce film peu sensible n'est guère utilisable qu'avec des sujets assez éclairés et ne bougeant pas.

Film TRI-X Pan

Voici maintenant le détail agrandi de la photo prise avec le Film TRI-X Pan, de ISO 400/27°. Le grain devient apparent, mais l'image est encore assez nette et assez détaillée. Avec un agrandissement inférieur, le grain de la photo resterait supportable.

Voici enfin le détail agrandi de la photo prise avec le Film Recording 2475 poussé à ISO 2000/34°. Le grain est maintenant si prononcé qu'on ne voit plus les détails. Ce film est adapté aux photos prises avec un éclairage très faible et nécessitant aussi une grande vitesse.

Film Recording 2475

Keith Boas

Le grain très prononcé de cette photo où l'on voit deux coureurs de marathon traverser un rideau de gouttelettes, lui donne un aspect à la fois documentaire et impressionniste. Le photographe a utilisé le Film Recording 2475 poussé à ISO 2000/34°. Une petite partie de la photo a ensuite été agrandie.

L'effet contraire s'obtient aisément avec le Film KODAK Technical Pan 2415; ce film est particulièrement conçu pour les prises de vue générales, la photomicrographie et les reproductions haute résolution. Ce film donne une image très nette dont le grain est presque imperceptible, même si l'on fait de forts agrandissements. Lorsqu'on utilise ce film pour des photos de paysages ou de personnages, on le prend à ISO 25/15° et il doit être traité dans un révélateur compensateur afin de réduire son contraste. La série d'agrandissements de la page de gauche permet de comparer le grain très fin du Film Technical Pan et le grain apparent du Film Recording avec celui du Film TRI-X Pan qui est un film ordinaire de ISO 400/27°.

Niki Berg

Un film noir et blanc au grain très fin donne une photo très détaillée et très nette. Cela rend particulièrement bien les textures comme le bois rongé par les intempéries et la paille que l'on voit sur cette photo.

Les filtres pour films noir et blanc

Les films noir et blanc normaux sont conçus pour donner aux tons chair l'aspect le plus naturel possible lorsque la photo est prise sans filtre. Mais, pour obtenir certains effets, vous pouvez utiliser des filtres : par exemple, si vous voulez donner de la force à un sujet, mettre l'accent sur ses vêtements ou sur l'environnement. Les règles d'utilisation des filtres avec des films en noir et blanc sont régies par un principe très simple : les couleurs sont rendues par tout un dégradé de gris, plus ou moins foncés selon l'intensité de la couleur.

En conséquence, si une couleur est vue à travers un filtre de la même couleur ou de couleur approchante, elle est rendue de façon plus claire car le filtre transmet sa propre couleur et, à des degrés différents, absorbe les autres. Si une couleur est vue à travers un filtre de couleur complémentaire ou proche de celle-ci (voir la série de photos de la page de droite), cette couleur devient plus foncée, puisqu'une couleur est absorbée par sa complémentaire. Dans la série de photos ci-contre, les tulipes rouges ont été photographiées avec un filtre rouge (troisième photo) et sont plus pâles que dans la réalité. Les mêmes tulipes deviennent au contraire beaucoup plus foncées que dans la réalité si l'on prend la photo avec un filtre vert (photo du bas); en effet, le vert est assez proche de la couleur complémentaire du rouge (un bleu-vert appelé cyan).

On constate les mêmes variations pour le teint des sujets photographiés avec un filtre coloré. La peau a en général une teinte rose, c'est-à-dire rouge pâle. C'est pourquoi elle paraît plus claire photographiée avec un filtre rouge. On le remarque surtout dans les zones qui sont les plus rouges, les lèvres par exemple ou le maquillage des pommettes. On constate le contraire si l'on photographie avec un filtre vert. La peau semble partout un peu plus mate, et les lèvres sont nettement plus foncées (voir la série de photos de la page de droite). Les filtres les plus utilisés pour éclaircir le teint sont le rouge n° 25, et même le filtre, plus puissant, rouge foncé n° 29. Pour donner un aspect plus foncé à la peau, essayez le filtre vert pâle n° 56 ou le vert n° 58.

Un filtre rouge atténue les imperfections de la peau et donne une tonalité claire. Un filtre jaune foncé n° 15 éclaircit les cheveux blonds tandis que le filtre bleu n° 47 rend plus clairs les yeux bleus. Les filtres peuvent aussi renforcer le contraste entre le sujet, ses vêtements et l'arrière-plan. Pour un sujet placé devant un ciel pommelé, vous pouvez assombrir le ciel et faire ressortir les nuages avec un filtre vert-jaune n° 11 ou un filtre jaune foncé n° 15. Ces deux derniers filtres n'auront guère d'effet sur le rendu naturel des tons chair.

Neil Montanus

Film KODACHROME 64

Voici une scène de jardin, telle que l'œil la perçoit, avec les couleurs naturelles.

Film TRI-X Pan, sans filtre

Un film panchromatic noir et blanc, utilisé sans filtre, donne une tonalité de gris qui correspond fidèlement aux tons clairs ou foncés de l'original. Les tulipes rouges et le feuillage deviennent des gris moyens qui se noient dans le reste de la photo.

Film TRI-X Pan, avec filtre rouge n° 25

Avec un filtre rouge n°25, les tulipes rouges sont devenues très claires alors que le feuillage est beaucoup plus foncé. La veste de la femme est aussi plus foncée. Les parties jaunes n'ont presque pas changé.

Film TRI-X Pan, avec filtre vert n° 58

Un filtre vert n°58 assombrit complètement les tulipes rouges, mais éclaircit le feuillage. La veste de la femme est plus claire; comme avec le filtre rouge, les jaunes ne sont guère modifiés.

Neil Montanus

Film EKTACHROME 64

*La photo couleur montre
le ton naturel de la peau
des deux personnages.*

Filtre rouge n° 25

*Avec un filtre rouge n°25,
le teint des deux sujets est
nettement plus clair;
la peau paraît plus douce
et plus délicate.*

*Le maquillage rose a perdu
de son importance, et la
forme générale du visage
est devenue plus
importante que les traits.*

Pas de filtre

*Sur une photo noir et
blanc sans filtre, la peau
est rendue en teintes
grisées à l'aspect naturel;
le tout est assez proche des
teintes claires ou foncées
de la réalité.*

Filtre vert n° 58

*Avec un filtre vert n°58, le
teint devient plus mat et
les lèvres sont beaucoup
plus foncées. Ce contraste
plus fort rend les traits plus
marqués et le visage plus
modelé.*

Filtres, lentilles et accessoires optiques

Ulrike Welsch

Robert Clemens

Ci-dessus : la diffusion crée une atmosphère vaporeuse et romantique. Cet effet est souligné par le chemisier de la jeune femme dont le raffinement donne un air désuet à la scène.

Keith Boas

Pas de lentille

Lentille de diffusion

On peut utiliser les lentilles pour créer des effets spéciaux dans les photos de personnages comme dans les photos de paysages. Utilisez-les de façon discrète pour que l'effet ne soit pas trop violent et ne détourne pas l'attention du personnage photographié. La lentille la plus employée dans les photos de personnages, c'est la lentille diffusante dont la surface présente un léger relief qui diffuse légèrement la lumière arrivant vers l'objectif. Cela donne une atmosphère irréelle et vaporeuse très appréciée pour les portraits (en buste comme en pied), les photos de mode ou de mariage. Le flou apporté par cette *lentille* atténue aussi les rides, estompe les pores et les imperfections de la peau ; les portraitistes utilisent souvent cette particularité pour flatter leur modèle.

On peut parvenir au même résultat en plaçant divers matériaux qui diffusent la lumière devant l'objectif ; ceux-ci vont de la toile moustiquaire aux bas nylon. On peut aussi pulvériser sur un filtre anti-ultra-violets une légère pellicule d'aérosol à mater, ou y passer une fine couche de vaseline. Les matériaux qui font partie intégrante de la photo et servent d'accessoire naturel (comme la toile moustiquaire pour la photo ci-dessus) ont également un effet diffuseur. On peut aussi utiliser un morceau de voilage ou de tulle, du verre ondulé ou gravé, givré ou embué. Les résultats sont particulièrement spectaculaires pour les photos de nu ou les photos très sophistiquées.

La lentille de vignettage est parfaitement transparente au centre et estompée autour, avec parfois un simple trou dans une lentille de flou. Si

Ci-dessus : la moustiquaire, élément naturel de la scène, a facilité le portrait de ces trois hommes perdus dans leurs pensées. Elle a servi de lentille de flou et diffusé la lumière, adoucissant ainsi toute la photo.

l'on regarde la photo en noir et blanc de la petite fille de la page de droite, on constate que le visage est très net alors que le reste de la photo baigne dans le flou. On obtient le même effet de vignettage en faisant un trou dans un matériau diffusant placé devant l'objectif ou en appliquant un agent diffusant sur le pourtour d'un filtre ordinaire. L'effet de diffusion est en général plus accentué aux grandes ouvertures, et cela quel que soit le procédé utilisé pour le créer. Avec les lentilles de vignettage, il est absolument indispensable d'utiliser une grande ouverture pour que le passage de la zone nette à la zone diffusée se fasse sans démarcation.

On se sert parfois de filtres de densité neutre pour les photos de personnages. Ces filtres de couleur grise laissent pénétrer moins de lumière dans l'appareil, ce qui permet d'utiliser les grandes ouvertures ou les vitesses lentes pour créer des effets. Avec un filtre de densité neutre, vous pouvez choisir une grande ouverture, même par un jour ensoleillé, afin d'estomper un arrière-plan trop chargé par exemple ; vous pouvez aussi traduire la course d'un sujet, les mouvements du

Si l'on compare ces deux photos, on voit très nettement l'effet de la lentille de diffusion : son utilisation sur la photo de droite adoucit le visage de la jeune femme de façon très flatteuse.

jeu d'un enfant par un flou. Les filtres de densité neutre les plus utilisés sont ceux de densité 0,30, 0,60 et 0,90 qui réduisent la lumière d'une, deux ou trois divisions de diaphragme respectivement. On peut d'ailleurs utiliser deux filtres en même temps si l'on veut encore accentuer cet effet.

Les filtres polarisants sont aussi très précieux : sous certaines conditions, ils permettent d'éliminer les réflexions qui se produisent lorsqu'un sujet est derrière une vitre, de donner plus d'intensité à la couleur du ciel, à un tissu chatoyant, à une peau qui brille. On peut aussi utiliser des filtres correcteurs de lumière (voir pages 94 et 95).

Il existe encore de nombreux types d'accessoires optiques. Certains sont destinés à colorer toute la photo, ou seulement une partie de celle-ci; certains transforment les points lumineux très brillants en étoiles (lentilles de scintillement) ou décomposent la lumière en plusieurs couleurs (lentilles de diffraction). Mais — les photos de l'alpiniste et du spéléologue le montrent bien —, ces accessoires sont plus efficaces lorsque le sujet est relativement petit par rapport à la scène entière, lorsque le sujet se détache en silhouette sur le fond et qu'on ne voit pas distinctement ses traits.

Keith Boas

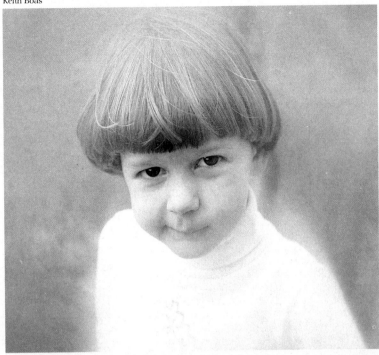

Keith Boas

Allen W. Cull

Pour cette photo d'un alpiniste prise dans les Jardins des Dieux (Colorado), le photographe a choisi un filtre bleu n°38 pour créer l'impression d'un clair de lune.

En haut : grâce à une lentille de vignettage, le visage est détaillé mais le pourtour de la photo est flou. Et dans le visage, ce sont les yeux qui sont les plus nets. Le passage du flou au net est très progressif parce que le photographe n'a pas diaphragmé.

En bas : le monde étincelant de la glace, exploré par ce spéléologue, est rendu grâce à une lentille de scintillement.

L'exposition

En général, vous pouvez vous fier aux indications de votre cellule pour régler l'exposition. Mais il y a des cas où celles-ci ne seront pas justes; en particulier, elles seront souvent fausses si vous effectuez votre prise de vue à contre-jour. Comparez les deux photos du pêcheur ci-contre. Les indications de la cellule en cas de contre-jour aboutissent à des photos dont le sujet à l'ombre est sous-exposé. En effet, la cellule est conçue pour évaluer la lumière moyenne; elle donne une mesure faisant une moyenne entre les parties éclairées et les parties à l'ombre. Mais notre sujet est à l'ombre, et l'exposition moyenne sera insuffisante pour lui.

On se heurte au même genre de problème lorsqu'on a un sujet petit et qui se découpe sur un fond clair et lumineux (une plage ou un paysage de neige, par exemple). Ici encore, la cellule réagit pour le fond, ce qui sous-expose le sujet. Pour éviter cet inconvénient, mesurez la lumière tout près ou directement sur le sujet, puis reculez et prenez la photo selon les indications ainsi obtenues. Votre sujet sera correctement éclairé, et l'arrière-plan, moins important pour vous, sera plus pâle. La lecture de votre cellule aboutira également à une photo sous-exposée si la scène comporte une source lumineuse assez intense. Cela arrive si vous faites poser votre sujet à côté d'une lampe. Pour éviter cet inconvénient, il vous suffit de mesurer votre exposition hors du champ de la source lumineuse, puis de recadrer ensuite.

Cela est plus rare, mais on peut rencontrer le problème opposé : un sujet petit et placé devant un fond sombre peut aboutir à une surexposition. Avec un sujet éclairé par un projecteur sur une scène plongée dans l'obscurité et avec un sujet bien éclairé devant un intérieur, ou un mur, à l'ombre, il faut réduire l'exposition indiquée par la cellule. Pour trouver la bonne exposition, procédez comme dans le premier cas : approchez-vous et effectuez la lecture sur le sujet.

Si vous ne pouvez pas vous approcher du sujet, faites la lecture sur une charte gris neutre (gris à 18 %) éclairée comme votre sujet. Vous pouvez aussi faire la lecture sur la paume de votre main et augmenter l'exposition d'une division de diaphragme (en effet, votre paume est à peu près deux fois plus claire que la charte gris moyen).

Mais il peut arriver que vous vouliez varier l'exposition pour obtenir un effet spécial. Si vous augmentez légèrement l'exposition, vous aurez une image vaporeuse, à dominantes claires (*high key*), comme la petite fille de la page de droite. Mais vous pouvez préférer réduire plus ou moins l'exposition pour que votre sujet devienne une silhouette à contre-jour, comme on le voit sur la photo du lac de la page de droite.

Il y a plusieurs façons de modifier l'exposition. Si vous opérez en manuel ou avec un

appareil débrayable en mode manuel, lorsque, pour une lecture effectuée très près du sujet, la cellule indique qu'il faut réduire l'exposition d'une division, prenez simplement la vitesse immédiatement supérieure ou l'ouverture de diaphragme immédiatement inférieure à celle indiquée par votre cellule. Les appareils plus perfectionnés ont souvent un système incorporé permettant de modifier l'exposition. Sur de nombreux modèles, il existe une touche pour contre-jour qui modifie l'exposition d'une division et demie, en diminuant parfois la vitesse en conséquence, d'autres fois le diaphragme. Certains appareils possèdent un bouton de réglage permettant d'augmenter ou de réduire l'exposition de demi-division en demi-division jusqu'à deux divisions. Enfin sur d'autres modèles, on peut mémoriser le réglage obtenu en faisant la lecture tout près du sujet.

Si votre appareil est entièrement automatique et ne possède aucun de ces systèmes, vous pouvez néanmoins modifier l'exposition en induisant provisoirement en erreur votre cellule. Pour augmenter l'exposition d'une division de diaphragme, diminuez la sensibilité du film de la moitié de sa valeur ISO. A l'inverse, pour réduire l'exposition d'une division, réglez la sensibilité du film sur le double de sa sensibilité réelle. Ce réglage est très facile à faire, mais n'oubliez pas de ramener la sensibilité du film sur sa valeur ISO initiale dès que vous aurez pris cette photo.

Neil Montanus

Voici un contre-jour typique : le soleil éclaire le sujet de derrière et d'en haut, si bien que le devant du sujet qui fait face à l'appareil est entièrement dans l'ombre. Le posemètre a fait une moyenne entre la partie éclairée de la scène et le sujet à l'ombre, mais celui-ci reste quand même sous-exposé.

Pour que le sujet soit correctement exposé, le photographe s'en est approché à moins de 50 cm pour effectuer la lecture de son posemètre seulement sur lui. Il y avait une différence de deux valeurs par rapport à la mesure précédente.

Jon Brenneis

Keith Boas

Pour cette scène, photographiée sur un lac au Cachemire, le photographe a choisi de sous-exposer sa photo, ce qui transforme le sujet en ombre chinoise et crée une image irréelle et poétique. Le pêcheur et son bateau ne sont plus que des silhouettes et la photo donne l'impression d'avoir été prise au crépuscule.

Pour créer une impression de douceur, le photographe a volontairement surexposé son cliché sur la technique « dominantes claires » (high-key). Cette technique ne peut donner de bons résultats que si le sujet et le fond sont clairs et peu contrastés. Cet effet a encore été accentué par l'emploi d'une lentille de vignettage faisant disparaître l'entourage du visage.

La composition

Ce pêcheur des îles Shetland qui pose avec sa pêche de la journée, attire tout de suite le regard par sa taille, la couleur de sa chemise et la position décentrée qu'il occupe sur fond neutre. Les deux chapelets de poissons rééquilibrent la photo et lui donnent toute sa signification.

En matière de composition photographique, il y a toujours des choix à faire : où placer le personnage sur la photo ? Quels éléments y faire figurer ? Où les mettre ? Faut-il prendre la photo horizontale ou verticale ? La plupart des photos sont horizontales. Cependant, une photo verticale est parfois préférable pour les portraits en pied ou même en gros plan. L'effet de surprise provoqué par une photo verticale lui donne souvent plus d'impact.

Pour qu'une photo soit réussie, il faut qu'elle ait un centre d'intérêt évident. Si vous prenez un seul sujet, il devient automatiquement le centre d'intérêt. Mais, même dans ce cas, vous devez veiller à ne pas inclure des éléments qui détourneraient l'attention de votre sujet; ne gardez que ceux qui suggèrent une idée force qui précise l'idée première ou qui lui soit complémentaire. De même, le fond doit rester anonyme : choisissez donc un fond uni et dépouillé ou plutôt à l'ombre, et repérez les éléments visuels qui peuvent attirer l'attention sur le sujet, une fenêtre ou une arcade par exemple.

Lorsque vous photographiez un groupe de personnages, le centre d'intérêt n'est pas évident. Vous pouvez parfois donner une certaine unité à un groupe en le disposant en diagonale, en triangle ou en ovale. Il est également conseillé de placer les couleurs claires ou vives qui attirent le regard au centre du groupe.

Pour qu'une composition retienne l'intérêt de l'observateur, elle doit être dynamique et non statique. La règle des tiers vous sera souvent utile. Imaginez des lignes qui partagent l'image en trois, verticalement et horizontalement. Placez l'élément visuel le plus important à l'intersection de deux de ces lignes. On peut aussi obtenir un certain dynamisme si un élément important fait écho à un élément moins important (voir la photo du pêcheur ci-dessus).

Si vous optez pour un sujet qui traverse le champ de l'appareil, la photo a plus d'impact si le sujet n'est pas au centre. Regardez les photos du footballeur (page de droite); il est psychologiquement important de laisser un espace vide devant le sujet. De même, si le regard du sujet est dirigé vers l'extérieur du champ de l'appareil, il faut laisser plus d'espace à l'avant de son regard que derrière le sujet.

Frank Fournier/Contact

Ce piéton de l'East Village à New York a beau être très petit, il attire tout de suite le regard parce qu'il apparaît entre les deux parties sombres du premier plan flou.

Neil Montanus

William McBride/The Image Bank

Lorsqu'un sujet se déplace dans le champ de l'appareil, il faut toujours laisser un espace libre devant lui (photo du haut); la photo est plus dynamique : le sujet ainsi décentré donne l'impression de pouvoir poursuivre sa course. Sur la photo du milieu, il paraît plus statique, tandis que sur la photo du bas, on pourrait croire qu'il va sortir de la photo.

La fenêtre sert d'encadrement à ces deux vieillards; les lignes des persiennes conduisent tout naturellement le regard vers eux. La disposition décentrée de leur visage rompt la symétrie de la photo et lui apporte un attrait supplémentaire.

La profondeur de champ

Pour les photos de personnages comme pour toutes les photos, la réussite de la photo dépend en grande partie de la profondeur de champ, c'est-à-dire de la zone à l'intérieur de laquelle tous les objets, proches ou éloignés, sont nets. Les parties de la scène situées à l'avant et à l'arrière de cette zone sont plus ou moins floues et imprécises. Avec une grande profondeur de champ, cette zone peut commencer à quelques centimètres de l'appareil et s'étendre jusqu'à l'infini. C'est indispensable lorsque l'on veut que des sujets éloignés les uns des autres soient nets, ou qu'un personnage se détache bien nettement sur un fond tout aussi net, ou encore pour que le premier plan et le personnage soient tous les deux nets, comme sur la photo du maître-queux (ci-contre).

D'un autre côté, si la profondeur de champ est limitée, on peut aisément mettre en valeur un personnage ou un groupe de personnages bien nets et se détachant sur un fond flou (voir la photo de l'homme à la pipe, page de droite). Cette technique est très utilisée pour les photos de personnages. Cela permet aussi d'attirer l'attention sur un sujet particulier (voir la photo des deux enfants dans la voiture, page de droite). On peut également estomper un objet du premier plan pour en faire un encadrement diffus et imprécis (voir la photo des joueurs de banjo, page de droite).

Avec un objectif déterminé, la profondeur de champ varie selon l'ouverture choisie. Plus l'ouverture est grande, plus la profondeur de champ est réduite. Ainsi, on a une très faible profondeur de champ avec l'ouverture maximale de l'objectif normal par exemple f/1,7 ou f/2 avec un reflex. Et la profondeur de champ la plus grande est obtenue avec l'ouverture la plus petite, par exemple f/16. La profondeur de champ varie aussi avec la distance entre le sujet et l'appareil. Plus le sujet est près de l'appareil, plus la profondeur de champ est limitée. Donc la profondeur de champ sera très réduite avec une grande ouverture et si vous faites la mise au point sur un sujet proche de l'appareil. La zone de netteté croît au fur et à mesure que l'ouverture diminue et que le sujet s'éloigne de l'appareil. Mais on atteint vite le point où le processus s'inverse. Lorsque la zone de netteté située derrière le sujet (elle est double de celle qui est située devant lui) atteint l'infini, la netteté commence à diminuer au premier plan si vous faites la mise au point sur des sujets de plus en plus éloignés.

Outre l'ouverture et la distance à laquelle se trouve le sujet, la profondeur de champ varie aussi avec la distance focale de l'objectif. Plus la focale est courte, plus la profondeur de champ sera grande pour une ouverture donnée et à une même distance objectif-sujet. Ainsi, on obtient la plus grande profondeur de champ avec un

Sur cette photo, la zone de netteté s'étend du bord de la table au fond de la pièce du restaurant, en passant par le chef fièrement campé derrière sa production qui fait venir l'eau à la bouche. On n'obtient une telle profondeur de champ qu'avec un grand-angulaire et en diaphragmant fortement.

grand-angulaire et la plus réduite avec un téléobjectif. Les grands-angulaires sont très appréciables pour avoir l'arrière-plan et le premier plan nets simultanément, ou pour photographier à bout portant quand on a peu de temps pour faire la mise au point. Au contraire, il vaut mieux se servir d'un téléobjectif pour isoler un personnage éloigné, perdu dans la foule, en estompant les éléments du premier plan et de l'arrière-plan.

Lorsque vous modifiez l'ouverture en vue de changer la profondeur de champ, vous devez rectifier en conséquence la vitesse afin de garder la même exposition. Si vous ouvrez de trois divisions de diaphragme (de f/5,6 à f/2 par exemple), il faut aussi augmenter la vitesse de trois valeurs (par exemple de 1/60 s à 1/500 s). Si votre appareil n'effectue pas la correction automatiquement, pensez à faire ce réglage.

Grâce à une profondeur de champ réduite, on peut arriver pratiquement à supprimer les tous premiers plans qui ne représentent plus que de vagues taches de couleur translucides servant d'encadrement. Cet effet est d'autant plus prononcé que la focale de l'objectif est grande.

Le regard de l'enfant du premier plan attire immédiatement l'attention parce que la profondeur de champ a été étudiée pour que cet enfant soit net et l'autre légèrement flou.

Pour prendre des gens en photo, la réduction de la profondeur de champ sert surtout à créer un arrière-plan flou sur lequel le sujet se détache nettement.

Le point de vue

Le choix du point de vue est extrêmement important pour les photos de personnages. Trop souvent, nous photographions à hauteur du regard et de l'endroit d'où nous avons vu le sujet la première fois. Il faut, au contraire, tourner autour du sujet, essayer de le voir d'en haut et d'en bas, s'en approcher puis s'en éloigner. Vous constaterez que la position relative du sujet et des autres éléments de la scène, ou du sujet et de l'arrière-plan, peut complètement transformer la scène. La signification de la scène peut alors changer totalement. Vus en contre-plongée (d'en dessous), les personnages ont l'air plus grands et prennent l'aspect de véritables monuments. Au contraire, vus en plongée (de dessus), ils paraissent plus petits et presque insignifiants (comme le couple qui marche sur les pavés, ci-contre). La position de l'appareil par rapport au sujet peut aussi vous aider pour les portraits : par exemple pour souligner la mâchoire du sujet ou cacher un peu sa calvitie.

Si vous ne pouvez pas déplacer votre sujet, c'est à vous de vous déplacer; c'est le seul moyen pour choisir un arrière-plan qui mette le sujet en valeur. Il suffit souvent de faire un pas de côté pour qu'un personnage se trouve isolé de la foule qui évolue sur un trottoir. Si vous vous accroupissez, le sujet se profile sur le ciel ou sur la façade unie d'un immeuble, tandis que si vous montez quelques marches, vous pouvez l'isoler sur un fond de trottoir, de pelouse ou de plancher. Et, bien sûr, le truc classique pour vous débarrasser d'un élément de fond gênant, c'est de le cacher derrière le personnage.

Une scène peut être totalement transformée par le changement de point de vue. Imaginez deux personnages à un ou deux mètres l'un de l'autre; vus de loin, ils auront presque la même taille. Mais si vous vous rapprochez, le personnage de devant grandit plus vite que celui de derrière. Les éléments du premier plan peuvent aussi subir des modifications radicales avec le changement de point de vue. Utilisez-les comme encadrement du sujet, ou pour créer des lignes qui amènent le regard vers le sujet. Une haie ou la pente d'un toit peuvent mettre en valeur un personnage judicieusement placé.

Vus d'en haut, les membres de cette famille perdent leur identité; ils ne sont plus que des éléments graphiques qui s'ajoutent au dessin du dallage.

Keith Boas

1

4

6

Il y a de très nombreux
points de vue possibles
pour photographier une
scène et chacun d'entre
eux donne une photo
différente. On voit ici la
même scène sous six
angles différents. Les deux
jeunes joueurs d'échecs
sont vus tour à tour de
façon impersonnelle de
loin (1), de façon intime en
gros plan (2) et en très gros
plan (3). En (4) et (5), en
plongée, la vue devient
plus descriptive,
l'échiquier prend plus de
valeur ainsi que le cadre de
leur jeu grâce au fond. En
(6), en contre-plongée, ils
se détachent sur fond de
ciel, et l'angle de prise de
vue privilégie le premier
plan.

2

3

5

En choisissant soigneusement son point de vue, le photographe a réussi à isoler ce bonze du Sri Lanka devant un Bouddha couché; ce fond a un double but : il nous rappelle la vocation du bonze et met en valeur la couleur safran de sa robe.

Prise en contre-plongée, cette photo a permis au photographe de cadrer le haut des hôtels «art déco» de Miami (Floride); elle explique en même temps pourquoi la femme porte un protège-nez, et nous dépeint bien l'image de la retraitée au soleil.

Pour les portraits en gros plan, on adopte souvent un point de vue traditionnel, de face ou légèrement en dessous de la hauteur des yeux du sujet; ici, on voit une mère Herero et son enfant, tous deux vêtus de couleurs vives (Botswana).

David Shockey

DeAnn Eddy

Ici, avec une photo prise à la verticale, ces estivants ne sont plus que de minuscules silhouettes anonymes sur fond de sable.

Pour réussir cette photo pleine d'action, le photographe s'est mis à hauteur des deux lutteurs et de leur arbitre attentif.

Avant la photo

Les meilleurs photographes savent qu'une bonne photo est rarement l'effet du hasard. Le plus souvent, une bonne photo est l'aboutissement de préparatifs minutieux auxquels se plie le photographe avant la prise de vue. Certains sont purement techniques : choisir le film et l'objectif adéquats, décider si l'on va utiliser un filtre ou non, si l'on doit se servir d'un moteur pour prendre des photos en rafale.

Mais les préparatifs commencent en fait bien avant. Ils commencent dès l'instant où l'on voit la scène : il faut trouver un décor, voir si le sujet s'y intègre bien, découvrir le meilleur point de vue. Ensuite il faut choisir l'ouverture nécessaire pour avoir la plus grande profondeur de champ possible ou, au contraire, pour obtenir une profondeur de champ telle que l'arrière-plan soit flou. Parfois encore, il faut déterminer la vitesse qui permettra de figer un mouvement ou, au contraire, de traduire un mouvement par un flou.

Dans le cas particulier des portraits, rien ne doit être laissé au hasard. Vous déciderez d'abord de la pose du sujet et du décor. Tous les détails doivent contribuer à mieux faire connaître le sujet (voir la photo de l'artiste ci-contre). Même pour les photos qui semblent prises sur le vif, il faut réfléchir avant de passer à l'action. La photo du haut de la page de droite en est un bon exemple, car son but était de montrer un lieu. Pour les photos de mouvement, comme celle du plongeur de la page de droite, il faut s'installer au bon endroit, régler son matériel et attendre que le sujet soit en position.

Même les photos prises sur le vif demandent des préparatifs. Il faut au moins que l'appareil soit chargé avec un film à haute sensibilité, qu'il soit déjà réglé pour la lumière ambiante, et que la mise au point soit faite sur l'endroit où l'on s'attend à ce qu'il se passe quelque chose. Les photographes qui se sont spécialisés dans la photo prise sur le vif commencent en général par rechercher un lieu intéressant, un lieu qui aidera à clarifier l'action ou, enfin, un lieu amusant. Ensuite, ils restent à l'affût, parfois très longtemps, pour pouvoir prendre leur photo juste au bon moment.

Mark Lyon

Ce portrait a été minutieusement mis en place. L'attitude du sujet nous montre qu'on a affaire à une artiste peintre, dans son atelier; nous pouvons en plus découvrir son style grâce à quelques-unes de ses œuvres.

En faisant poser ces trois jeunes Gallois pleins de vie derrière un mur qui porte un nom de rue, le photographe a ainsi réussi une photo à la fois expressive et bien localisée.

Voici une photo spectaculaire d'un jeune homme qui plonge du haut d'une roche volcanique à Kauai (Hawaï); le cadrage, la mise au point et le réglage de l'exposition ont été évidemment étudiés avant le début du plongeon.

Le bon moment

Furman Baldwin

Pour photographier des gens, il faut avoir un sixième sens que les vieux photographes appelaient le « coup de poire » : savoir déclencher juste au moment décisif, à ce moment exact où l'attitude, le geste, le regard montrent votre sujet tel qu'il est ou tel que vous voulez le montrer. Ce moment précis est capital, vous pouvez savoir le déceler ou le laisser échapper. Vous pouvez saisir l'instant où des formes mouvantes convergent pour créer une composition forte, mais vous pouvez aussi aboutir à une scène bien terne. Même pour les portraits, pour lesquels la pose du sujet ainsi que certains préparatifs sont nécessaires, il faut aussi savoir déclencher au bon moment. Si l'on regarde la planche-contact au bas de cette page, on constate que le visage change constamment d'expression : au photographe de saisir celle (ou celles) qui rend le mieux la personnalité du sujet, si l'on veut faire de bons portraits.

En général, pour apprendre à saisir le bon moment, il suffit de suivre attentivement l'évolution d'une scène et d'anticiper l'instant culminant de l'action ou celui où plusieurs éléments de la scène vont se combiner entre eux de façon fugace. Si vous vous intéressez aux scènes de rue, étudiez la façon dont les différents éléments varient les uns par rapport aux autres, vous aurez vite suffisamment de flair pour reconnaître les coïncidences et les juxtapositions qui peuvent être intéressantes. N'oubliez pas que, moins il y a d'éléments, plus les mouvements sont réduits, et, par conséquent, plus il vous sera facile de voir venir le bon moment. Exercez-vous en observant un sujet isolé qui se déplace dans un décor fixe.

Pour les photos de mouvement, comme les photos de sport par exemple, on apprend petit à petit à anticiper le moment culminant de l'action, grâce à une observation patiente et persévérante. Pour les mouvements continus — un sujet qui court par exemple —, il faut savoir reconnaître l'instant où le sujet se trouve en un point choisi d'avance et pour lequel on a préalablement et soigneusement étudié la distance, l'arrière-plan, la lumière, etc.

Vous avez peu de chances de réussir un bon portrait si vous vous contentez d'attendre l'apparition de l'expression souhaitée. Soyez prêt à opérer dès que tous les éléments, décor, éclairage, attitude du sujet et détermination de l'exposition, sont en place. Tout en prenant vos photos, dialoguez avec votre sujet : il sera plus décontracté, et ses expressions deviendront plus naturelles et plus expressives.

Cette photo est tendre et amusante à cause des expressions fugitives des trois bambins, et elle a été prise juste à « l'instant décisif ».

Neil Montanus

Cette planche-contact montre bien que, même pour un sujet qui pose, chaque expression est fugitive. Le photographe n'a pas essayé de faire de chaque photo un cliché exceptionnel; certaines de ces photos n'ont été prises que pour un premier contact avec le sujet, le mettre à l'aise et mieux découvrir ses qualités.

Len Jenshel

Il fallait que le photographe soit prêt pour pouvoir saisir cette femme et ces deux enfants, d'humeur si différente. La composition triangulaire est soulignée par les vêtements rouges qui attirent le regard.

Len Jenshel

Voici le type de scène que seul un photographe aux aguets peut saisir instantanément : un couple qui, en marchant, soudain scrute avec attention une partie de la grève.

La direction de la lumière

La lumière peut varier en intensité, en direction, être directe ou indirecte, elle modifiera d'autant l'apparence du sujet. L'angle d'éclairage par rapport au sujet est particulièrement important. La direction de la lumière peut souligner certains traits, en estomper d'autres, modifier le rendu des formes et des couleurs.

Autrefois, il était d'usage d'éclairer le sujet de face (le photographe se plaçait donc dos au soleil), et encore aujourd'hui, beaucoup de photographes procèdent ainsi. Pourtant ce type d'éclairage a tendance à « écraser » le sujet, car il ne provoque pas assez d'ombres pour mettre en valeur son relief. Le modèle donne parfois l'impression d'être plaqué sur le fond, un peu comme une forme de carton qui serait disposée devant un fond peint.

Pourtant, l'éclairage frontal présente aussi des avantages. Il permet entre autres choses de réduire à deux dimensions un sujet dont on désire surtout étudier le galbe. C'est aussi ce type d'éclairage qui donne les couleurs les plus intenses et qui permet de montrer tous les détails; d'autre part, lorsqu'une scène est assez complexe, il permet de la simplifier en éliminant des ombres.

Mais l'éclairage latéral est en général préférable. Les ombres qu'il crée donnent de la profondeur et instaurent des volumes. Sur la photo de la jeune femme ci-contre, on voit que l'éclairage latéral souligne les traits du personnage et donne beaucoup de relief à l'ensemble.

L'éclairage latéral permet de très nombreuses variations en lumière naturelle : il suffit de déplacer le sujet par rapport à la source lumineuse et à l'appareil. Si la lumière frappe le sujet de côté, l'appareil étant face à lui, on peut obtenir des effets très spectaculaires, car la moitié du visage est très peu éclairée (voir la photo de la vieille femme, au bas de la page de droite). Ce type d'éclairage met très bien en valeur les textures, car la lumière, en venant frapper la peau ou le tissu, provoque une multitude d'ombres minuscules qui révèlent les moindres détails. Mais la plupart du temps, vous choisirez de préférence un éclairage demi latéral qui frappe le sujet selon un angle de 45° environ. Vous constaterez vite que c'est au milieu de la matinée ou de l'après-midi que l'éclairage naturel donne les meilleurs résultats.

A l'intérieur, si l'éclairage latéral est très prononcé, vous obtiendrez souvent des photos dans lesquelles les zones à l'ombre sont trop sombres et cachent de nombreux détails du sujet. Utilisez alors un panneau réfléchissant que vous fabriquerez vous-même avec un morceau de carton blanc ou argenté : une partie de la lumière reviendra ainsi sur les parties situées à l'ombre. Vous pouvez également placer votre sujet près d'un réflecteur naturel, comme un mur blanc, ou clair et uni, ou bien encore une porte, un dallage.

Diane Cook

Sur cette photo, l'éclairage latéral provient de la fenêtre et donne du volume au modèle en créant des zones d'ombre sur son visage, ses bras et ses vêtements. Un éclairage complémentaire, plus faible, — peut-être un simple panneau réfléchissant —, venant de l'autre côté légèrement de face, empêche les ombres d'être trop prononcées.

Le photographe a choisi un éclairage de face et d'assez haut pour photographier ces deux Bretonnes. Cela lui a permis d'obtenir une photo claire et sans ombres des deux coiffes empesées, tout en mettant en relief les marques du temps sur leur visage et leurs mains.

L'éclairage latéral et très direct apporte une note théâtrale à cette vieille Géorgienne. La moitié de son visage disparaît dans l'ombre, alors que la texture de sa peau éclairée est bien mise en évidence.

Le contre-jour

Lorsque la lumière atteint le sujet par derrière, il devient très difficile d'obtenir une photo sur laquelle on puisse identifier aisément le sujet. Que la lumière soit tout à fait derrière le sujet ou qu'elle l'éclaire un peu en biais, il faut en général augmenter nettement l'exposition pour ne pas le sous-exposer (voir pages 74 et 75).

Mais il y a des cas où l'éclairage en contre-jour vous sera très utile pour obtenir certains effets, par exemple des silhouettes. On y parvient directement si lors d'un contre-jour on ne corrige pas l'exposition pour le sujet. On peut même l'accentuer en sous-exposant encore de une ou deux divisions de diaphragme. L'arrière-plan peut être un décor naturel (comme pour le pêcheur de la page de droite) ou urbain (comme pour le policier londonien ci-contre). On utilise l'éclairage à contre-jour lorsqu'on veut mettre l'accent sur une scène, ou une forme, plutôt que sur un personnage. Si l'on regarde à nouveau la photo du pêcheur, on constate que, grâce à l'éclairage à contre-jour, le personnage se profile sur un fond beaucoup plus clair, qui permet de donner plus d'importance à un sujet de petite dimension par rapport à l'ensemble de la scène.

Le contre-jour permet aussi de souligner la transparence d'un élément (voir les gouttelettes d'eau de la page de droite). Lorsque la lumière frappe un sujet en biais et en contre-jour, on obtient souvent un genre de halo autour du sujet — c'est d'ailleurs un procédé très efficace pour faire ressortir un sujet sur un fond sombre ou trop chargé. L'éclairage à contre-jour offre aussi la possibilité d'atténuer une couleur jugée trop agressive, car la couleur sera moins vive à l'ombre.

Quand vous photographiez à contre-jour, essayez de cadrer de telle sorte que la source lumineuse ne figure pas sur votre photo : vous auriez automatiquement un reflet dans l'objectif (formé par l'excès de lumière réfléchie dans l'objectif, mais ne donnant pas d'image). Pour éviter cet inconvénient, dissimulez la source lumineuse derrière le sujet ou tout autre élément de la photo. Même si la source lumineuse n'entre pas dans le champ de visée, protégez l'objectif avec un pare-soleil et, au besoin, avec la main si la source lumineuse est trop proche.

Lorsque vous faites des portraits en contre-jour, pensez à utiliser un panneau réfléchissant placé à proximité de l'appareil pour que le visage du sujet soit éclairé par la lumière réfléchie. Cela réduit fortement la différence de contraste entre le sujet et l'arrière-plan, et la photo sera plus équilibrée.

Ernst Haas

La lumière réfléchie peut aussi servir pour les contre-jours. Le célèbre photographe Ernst Haas utilise ici la lumière réfléchissante sur les affiches pour photographier ce policier londonien en silhouette. Les affiches apportent aussi une note colorée à la photo.

Keith Boas

A gauche, cette image évoque une joyeuse journée d'été; la lumière qui vient du fond illumine chaque gouttelette d'eau et transforme le jet d'eau en un jaillissement de lumière.

David Scott Pyron

Jeff Albertson/Stock, Boston

Le photographe s'est placé derrière les enfants; cela lui a permis d'obtenir des silhouettes qui se détachent sur la lumière des cierges magiques. Pour qu'une partie importante de la photo soit éclairée, il a fallu une exposition prolongée; les enfants ont bougé, ce qui leur donne une silhouette floue.

Ce pêcheur de l'Italie du Nord, si petit par rapport à l'étendue du paysage, attire immédiatement l'attention parce qu'il se détache sur les montagnes embrumées du fond; cela est dû à l'effet de contre-jour.

La qualité de la lumière

John Launois/Black Star

La lumière douce et diffuse d'un ciel couvert était parfaite pour photographier ces trois paysans soviétiques : leurs traits sont bien nets, et la scène donne une impression de grande tranquillité.

Pour les photos de personnages, la qualité de la lumière, qu'elle soit violente ou adoucie, est aussi importante que sa direction ou son intensité. La lumière vive et dure d'une journée ensoleillée donne des ombres nettes, prononcées, aux contours bien définis. Ce même type de lumière s'obtient avec toutes les sources lumineuses directes — projecteur, flash, ampoule électrique nue. Mais si un nuage vient à passer ou si l'on place un abat-jour sur l'ampoule électrique, la lumière s'adoucit, devient moins violente et plus diffuse. Les ombres sont moins prononcées et leurs contours deviennent moins précis. Plus le temps est couvert, plus la lumière qui filtre à travers les nuages est douce; si bien que, par temps très couvert, la lumière est si diffuse qu'elle n'a plus de direction et qu'il n'y a plus d'ombres.

Il n'est pas indispensable que toutes les ombres aient disparu, mais la lumière adoucie est sans conteste le meilleur éclairage pour les photos de personnages. Elle crée des ombres douces qui soulignent la forme du visage sans l'assombrir. Elle donne un teint flatteur, car elle ne met pas en évidence les rides ou les imperfections de la peau comme le ferait une lumière plus forte et surtout plus directe. Avec une lumière douce, il est plus facile de faire poser les sujets : vous pouvez vous déplacer sans avoir à vous soucier des variations des ombres. Et, détail qui a beaucoup d'importance, les personnages ne plissent plus les yeux comme lorsqu'ils sont éclairés par une lumière vive.

En général, la meilleure lumière pour les photos en extérieur est celle des jours où le soleil est voilé par une légère brume ou quelques nuages. Elle est alors très douce, sa direction reste toutefois sensible, et elle crée juste assez d'ombres pour que le sujet ait du relief.

Par un jour ensoleillé, photographiez de préférence vos personnages à l'ombre (ombre d'une maison par exemple), pour qu'ils soient éclairés par la lumière réfléchie, plus douce. Mais, si vous trouvez que ce type de lumière devient trop uniforme, utilisez en plus un panneau réfléchissant pour éclairer latéralement votre sujet. Si vous êtes contraint de photographier avec une lumière directe, travaillez en contre-jour (voir pages 90 et 91).

Photo du haut : à la lumière douce et réfléchie d'une zone située à l'ombre, cette femme semble détendue; les ombres de son visage sont peu marquées et forment un dégradé léger; cela donne un ensemble flatteur. Photo du bas : ici, la lumière est plus forte et plus directe : le sujet plisse les yeux et semble mal à l'aise; de plus, des ombres malencontreuses se sont formées sous le nez et le menton.

Pour ces joueuses de quille, photographiées en Angleterre, le photographe a été contraint d'utiliser la lumière crue et directe du soleil, adoucie, il est vrai, par l'uniforme blanc des joueuses qui a servi de réflecteur naturel et qui a un peu éclairé les zones situées à l'ombre.

La couleur de la lumière

Len Jenshel

Même s'il est rare que nous le remarquions, la lumière du jour a bien une couleur. Rose orangée au lever et au coucher du soleil, elle est bleutée au crépuscule et les jours couverts. Du milieu de la matinée au milieu de l'après-midi, pour les belles journées, le mélange de ses couleurs donne un ensemble neutre; et pourtant, même dans ces cas-là, les zones situées à l'ombre restent bleutées. Il est important de savoir reconnaître la couleur de la lumière pour pouvoir en corriger les différences avec des filtres ou en choisissant un film déterminé, ou, au contraire, pour utiliser cette couleur afin de créer l'ambiance de la photo. C'est particulièrement important pour les photos de personnages, car nous savons d'un simple coup d'œil si la couleur de la peau est naturelle ou non.

La majorité des films sont équilibrés pour donner des couleurs naturelles à la lumière du jour ou avec un flash électronique. Avec une lumière artificielle, ces films équilibrés pour la lumière du jour donnent une tonalité orange. Si vous voulez conserver le film lumière du jour, vous pouvez corriger cette tonalité avec un filtre Wratten 80 A (ou B) ou Cokin 020 (ou 021, 022). Mais vous pouvez plus simplement utiliser un film spécial, équilibré pour le tungstène.

Le film pour prise de vue en intérieur, équilibré pour le tungstène, convient pour les ampoules électriques de 3 200 Kelvin (K); on le trouve facilement. Si l'on fait un portrait ou une photo de nu avec des projecteurs de 3 400 K, le film spécial Type A, qui compense la lumière un peu moins orange de ce type de projecteurs, est plus particulièrement recommandé.

Quand vous photographiez des gens avec un film couleur, essayez d'éviter les scènes éclairées par plusieurs types de lumière à la fois : par exemple, un sujet éclairé d'un côté par la lumière naturelle d'une fenêtre, et de l'autre par une lampe. En pareil cas, éteignez la lampe et utilisez un panneau réfléchissant pour éclairer le côté du sujet qui est à l'ombre. Ou bien utilisez un flash électronique comme lumière d'appoint, car la couleur de la lumière produite par les flashes est très proche de celle de la lumière naturelle. Si vous ne pouvez pas éviter de mélanger plusieurs types de lumière, utilisez un film équilibré pour la lumière du jour. Les teintes dorées que prendront les parties de la scène éclairées par les ampoules électriques seront moins gênantes que les teintes bleutées et un peu irréelles données par les parties éclairées par la lumière du jour quand on utilise un film équilibré pour le tungstène.

Le soleil vient de se coucher, donnant une dominante bleue à la plage qui n'est plus éclairée que par la lumière du ciel.

Si, votre appareil étant chargé avec un film équilibré pour le tungstène, vous devez prendre une photo en extérieur, vous pouvez l'adapter à la lumière du jour en utilisant un filtre orange n° 85 B ou Cokin 030. Il est préférable de ne pas faire de photos de personnages à la lumière fluorescente : en effet, elle supprime presque tous les rouges, ce qui donne à la peau une teinte bleu-vert maladive. Malgré tout, l'emploi de filtres permet de corriger quelque peu ce défaut. Les tubes fluorescents blancs sont très fréquents; on conseille alors d'utiliser un film lumière du jour et un filtre spécial FLD ou un filtre compensateur de couleur magenta de densité 30 (CC30M). Avec un film équilibré pour le tungstène, prenez un filtre FLT, FLB ou un filtre rouge CC60R. Dans les deux cas, les résultats ne pourront pas être excellents.

En extérieur, surveillez les changements de couleur de la lumière naturelle. Les tons dorés et roses du lever et du coucher du soleil, ou Cokin 021, donnent facilement de l'ambiance à une photo (voir la photo des enfants ci-dessus). Mais si vous faites un portrait en gros plan avec ce type d'éclairage, la couleur de la peau du personnage vous semblera parfois trop dorée. Pour qu'elle ait l'air plus naturelle, prenez un filtre bleu n° 80 B ou 80 C avec un film équilibré pour la lumière du jour.

Comme ce type de lumière contient beaucoup de rouge, vous pouvez aussi prendre un film équilibré pour le tungstène et corriger en plus si la lumière est vraiment très rouge avec un filtre bleu n° 82 ou Cokin 024.

Mais vous aurez plus souvent le problème inverse à résoudre. La peau d'un personnage paraîtra un peu bleue si l'on fait la photo à l'ombre ou par temps couvert; pour compenser, utilisez un filtre jaune pâle n° 81 B ou 81 C ou Cokin 027 ou 028. Par une belle journée, il arrive que la lumière réfléchie par un ciel très bleu donne une couleur bleuâtre à la peau : utilisez alors le filtre jaunâtre n° 81 EF, qui est un peu plus dense.

De même, si vous trouvez que votre flash donne un peu trop de bleu, vous pouvez corriger ce défaut avec un filtre jaune pâle n° 81 ou Cokin 026. Pour terminer, n'oubliez pas que d'autres facteurs peuvent aussi modifier la couleur de la lumière. Si la lumière qui éclaire le sujet traverse le feuillage d'un arbre, la peau du sujet prendra une dominante verdâtre. Si vous photographiez un personnage à travers une vitre, vous pourrez avoir une teinte bleutée. Et si un personnage se tient à côté d'un mur en briques rouges, la lumière réfléchie par ce mur lui donnera une teinte rouge.

La lumière dorée du soleil couchant donne chaleur et éclat à cette joyeuse scène. Pour que les visages aient une couleur plus naturelle, il aurait fallu utiliser un filtre correcteur bleuté ou éventuellement un film équilibré pour le tungstène.

La photo à l'intérieur, en éclairage ambiant

Il est très difficile de réussir de bonnes photos en intérieur, car l'éclairage est tout juste suffisant. La lumière naturelle éclaire mieux que les autres procédés; il vaut donc mieux photographier à la lumière, douce et indirecte, d'une fenêtre.

Si la lumière qui entre par la fenêtre est douce et diffuse, elle est toutefois très directionnelle. Le contraste entre le côté éclairé du visage et l'autre côté est donc souvent très marqué et le côté non éclairé est très sombre. Pour éviter cela, vous pouvez installer votre sujet de profil ou de trois quarts, ou bien utiliser un panneau réfléchissant. Si la lumière est assez intense, vous pouvez installer votre sujet à côté du mur opposé à la fenêtre car le mur renverra de la lumière et éclairera un peu les parties sombres. Vous pouvez aussi introduire un réflecteur naturel dans l'image : regardez, par exemple, l'effet produit par le livre que tient la petite fille de la page de droite (en bas). Pour renvoyer de la lumière sur les parties peu éclairées, vous pouvez disposer, hors du champ de l'appareil, un morceau de carton blanc.

Il est encore plus délicat de réussir les photos en intérieur avec la seule lumière ambiante de la pièce, car celle-ci est en général faible et inégale. Allumez toutes les lampes pour que la lumière soit plus importante et mieux répartie, et utilisez un objectif avec une grande ouverture et un film assez sensible. Avec une scène peu éclairée, il faudra prendre la plus grande ouverture de diaphragme possible (f/2 ou plus). Pour les photos en noir et blanc, un film à haute sensibilité de ISO 400/27° donne de bons résultats. Si la lumière est vraiment faible, on peut pousser facilement ce film jusqu'à ISO 800/30° ou même plus; mais, le grain sera un peu plus gros et le contraste un peu plus fort. Si la lumière est vraiment très faible, vous pouvez utiliser le film très sensible Recording 2475 (voir pages 68 et 69), mais souvenez-vous que son grain est très apparent. Pour les photos en couleurs, les meilleurs films sont les films négatifs couleur à haute sensibilité de ISO 400/27° ou de ISO 1 000/31°; on corrige alors l'équilibre des couleurs au développement. Pour les diapositives, le film équilibré pour le tungstène le plus sensible est de ISO 160/23°, mais on peut facilement le pousser à ISO 320/26°. Si vous utilisez un film à haute sensibilité équilibré pour la lumière du jour, méfiez-vous, car votre sujet prendra une teinte dorée (voir la partie droite de la photo du violoniste, ci-contre).

Même avec un objectif à grande ouverture et un film à haute sensibilité, vous serez peut-être malgré tout contraint de travailler avec une vitesse lente, moins de 1/30 s. Il vous faudra donc éviter de faire bouger l'appareil et éventuellement utiliser un pied tripode ou monopode. Mais pour les photos plus décontractées, vous pouvez prendre appui sur un mur, un chambranle de porte ou le dossier d'une chaise.

Tom Beelman

Ce violoniste, près d'une fenêtre sur le côté gauche, était éclairé par la lumière incandescente de la pièce, mais la photo a été prise avec un film équilibré pour la lumière du jour. Le visage est donc plus doré qu'en réalité, mais cet effet n'est pas gênant et restitue bien le cadre de la photo.

Derek Doeffinger

Susan B. Dickens

Janice Penley Keene

Ce bambin boudeur a été photographié dans un recoin que n'atteint pas la lumière de la fenêtre; cela souligne l'humeur maussade de l'enfant qui paraît encore plus isolé.

En haut : la lumière douce et indirecte qui pénètre par la fenêtre éclaire très bien les deux jeunes danseuses. L'éclairage latéral souligne leurs traits et révèle l'aspect vaporeux de leur tutu.

En bas : pour le portrait de cette petite fille, le livre n'est pas seulement un simple accessoire, mais sert aussi de réflecteur naturel et éclaire son visage en jaune.

Le flash électronique

Le flash électronique est très utile dans bien des cas. Les modèles actuels sont légers, peu encombrants, et émettent une lumière intense dont la couleur est très proche de celle de la lumière naturelle. L'éclair provoqué est si bref — à partir de 1/1 000 et jusque parfois 1/50 000 s — que cela permet de figer pratiquement tous les mouvements. Malheureusement lorsque le flash est fixé directement sur l'appareil, cas le plus fréquent, il ne donne pas toujours de bons résultats pour les photos de personnages. Les sujets sont en effet éclairés juste de face, ce qui leur enlève du relief et fait disparaître les ombres qui d'ordinaire soulignent les formes et les traits. De plus, les flashes émettent une lumière dure et directive, ce qui crée des ombres très prononcées aux contours bien définis derrière les sujets.

Malgré ces inconvénients, le flash est très utile pour saisir au vol l'expression d'un personnage (voir la photo des deux vieilles dames, page de droite, en bas). Mais les personnages seront mieux mis en valeur si l'on utilise le flash différemment. Même si votre flash est incorporé, vous pouvez en adoucir la lumière en la diffusant : pour cela, mettez un morceau de papier calque ou une lentille diffusante devant le tube à éclat du flash. Certains flashes sont livrés d'origine avec un jeu de filtres colorés et de lentilles diffusantes. Vous pouvez aussi tenir votre flash en extension latéralement et un peu au-dessus de l'appareil, ce qui donne plus de relief. Mais la façon la plus élaborée d'utiliser le flash consiste à se servir de sa lumière réfléchie.

Lorsque la lumière est réfléchie par un plafond ou par un mur, elle est diffusée et éclaire le sujet de façon moins directive, ce qui donne une lumière douce et bien répartie. Mais, même dans ce cas, la lumière restera directionnelle : elle viendra d'en haut, ou de côté, et créera des ombres qui donneront du volume et du relief au sujet. La lumière du flash, lorsqu'on la fait réfléchir par un mur, crée un éclairage assez proche de la lumière naturelle d'une fenêtre orientée au nord. Si elle est réfléchie par un plafond, elle donne une impression de lumière naturelle, à l'intérieur de la pièce. Sur de nombreux flashes automatiques, on peut en orienter la tête (le tube à éclat) pour obtenir aisément de la lumière réfléchie tout en conservant le flash en même position. Vous pouvez aussi décentrer votre flash sur le côté, ou le fixer sur une poignée porte-flash; mais ces deux méthodes ne sont pas toujours applicables : elles dépendent de la façon dont votre flash mesure la lumière renvoyée par le sujet (voir pages 100 et 101).

Pour utiliser un mur ou un plafond comme réflecteur, il faut qu'il soit blanc ou gris clair. En effet, la surface réfléchissante donne sa propre couleur à la lumière qu'elle renvoie; donc, si le mur est vert, votre sujet deviendra vert. Il faut aussi veiller à ce que le plafond ne soit pas trop haut. Si la hauteur du plafond est de 2,5 m, et jusqu'à

Tom Beelman

Un flash fixé très près de l'appareil éclaire le sujet avec une lumière crue et plate, ce qui fait disparaître les traits du personnage et lui enlève son relief. On voit aussi des ombres très noires et très précises naître sur le mur.

Pour cette photo, on a utilisé la lumière réfléchie du flash : cela apporte un éclairage doux et égal, avec de légères ombres qui donnent du relief au sujet. La direction de la lumière fait penser à celle de la pièce et donne une impression de naturel.

3,5 m, cela pourra encore aller. Mais, si le plafond est plus élevé, comme dans les églises, les gymnases ou les salles de spectacle, la lumière du flash n'aura plus aucun effet. Si vous êtes dans une pièce dont le plafond est trop haut et dont les murs sont colorés, cherchez à utiliser d'autres surfaces réfléchissantes, des portes ou des rideaux par exemple. Vous pouvez aussi diriger votre flash sur un morceau de carton blanc; sur un parapluie réflecteur, cela donne une surface éclairée plus faible, mais plus puissamment, et de façon plus maîtrisable que la lumière réfléchie sur un mur ou un plafond.

L'emploi du flash est aussi très important lorsqu'on l'utilise comme éclairage d'appoint pour des sujets photographiés à la lumière naturelle ambiante, en contre-jour ou à l'ombre. Si vos personnages sont devant une fenêtre, le flash vous évitera de les transformer en ombres chinoises (voir la photo des joueurs de football américain, en haut de la page de droite). En extérieur, le flash vous permet d'éviter le même effet en photographiant en contre-jour au soleil couchant. Cela vous permet aussi de supprimer les ombres disgracieuses qui se forment lorsque le soleil est au zénith (voir photo en bas, à gauche, page 93). Si vous utilisez votre flash seulement pour « déboucher » les ombres, ou en lumière d'appoint, calculez l'éclairage qu'il produira de façon à conserver l'ambiance de contre-jour, ou douce, que vous avez voulu créer. Réduisez alors son effet d'une ou deux divisions de diaphragme afin que l'exposition reste correcte pour les zones éclairées par la lumière naturelle.

Une lumière assez forte entre par la fenêtre; les footballeurs devraient donc être transformés en ombres chinoises. Mais le flash d'appoint les a éclairés par devant et a apporté un complément de lumière aux parties qui auraient été dans l'ombre.

Un flash direct fixé sur l'appareil donne parfois des scènes dures et peu flatteuses; mais c'est pourtant un moyen irremplaçable pour saisir instantanément des expressions éphémères.

Cette petite fille n'aurait été qu'une silhouette se détachant sur un ciel très clair si le photographe n'avait utilisé un flash d'appoint pour éclairer son visage.

99

L'exposition au flash

Les flashes modernes sont presque tous automatiques. Lorsque l'éclair se produit, une cellule, appelée sensor, mesure la quantité de lumière réfléchie par le sujet. Lorsque le sujet a reçu assez de lumière pour une exposition correcte, le flash cesse d'émettre. La plupart du temps cette cellule est incorporée au corps du flash et permet d'évaluer la lumière réfléchie même si le tube à éclat n'est pas orienté directement vers le sujet (ce qui se produit lorsqu'on veut utiliser la lumière réfléchie par le plafond par exemple). Mais certains flashes ont une cellule amovible, que l'on peut séparer du flash, ce qui permet de la fixer sur l'appareil tout en plaçant le flash à quelque distance de celui-ci. Du moment que la cellule est dirigée vers le sujet, le tube à éclat (tête du flash) peut être dans n'importe quelle position.

L'utilisation d'un flash ne présente guère de difficulté. Il faut d'abord fixer le flash sur l'appareil (ou le connecter à l'appareil avec un cordon); on règle ensuite l'appareil sur la vitesse pour laquelle le flash reste synchronisé, en général 1/60 s, mais parfois 1/90 s ou même 1/125 s. (Une plus grande vitesse avec les obturateurs à rideau donne une image partiellement masquée). Il faut ensuite régler le calculateur du flash sur la sensibilité ISO du film, ce qui détermine l'ouverture nécessaire pour un sujet situé dans un intervalle de distance donné.

Tout comme les flashes bas de gamme, les flashes professionnels de studio sont manuels. Le flash en mode manuel émet une lumière à intensité constante qui ne varie pas comme en mode automatique. L'apport de lumière ne dépend alors que de la distance entre le sujet et l'appareil. Avec un flash manuel, affichez la sensibilité du film utilisé : vous lirez alors l'ouverture à utiliser selon chaque distance.

Pour les flashes automatiques comme pour les flashes manuels, la distance indiquée correspond à la distance entre l'appareil et le sujet. Pour les flashes manuels, si vous utilisez la lumière réfléchie de votre flash, cette distance est alors la distance totale parcourue par l'éclair lumineux : du flash à la surface réfléchissante et de cette dernière au sujet. Une partie importante de la lumière va être absorbée par la surface réfléchissante : on augmente donc l'ouverture du diaphragme d'au moins une division à une division et demie. Ainsi, si vous êtes à 2 m d'un sujet et que vous éclairez avec un flash incliné à 45° un plafond situé à 1 m au-dessus de votre flash, la distance parcourue par la lumière sera de 2,8 m. Imaginons que votre flash vous donne f/8 à 2 m en éclairage direct; en réfléchi, c'est-à-dire à 2,8 m, vous obtenez f/5,6; mais pour compenser la perte de lumière, due à la surface réfléchissante qui n'est pas un miroir, vous réglerez l'ouverture à f/4,5 ou 4,5/2,8 selon la nature de la surface réfléchissante.

Mais vous aurez peut-être d'autres calculs à faire si vous utilisez votre flash comme lumière

Keith Boas

d'appoint en extérieur (voir pages 98 et 99). Si vous voulez éclairer un sujet pour qu'il se détache sur le fond (voir la photo de la petite fille sur sa balançoire, page de droite), réglez l'exposition de l'appareil sur la lumière naturelle du fond; réglez ensuite l'apport de lumière du flash sur sa distance au sujet, de telle façon que les parties de la scène non éclairées par la lumière naturelle soient exposées avec une ou deux divisions de diaphragme de moins que pour le fond. Puisque les vitesses maximales de synchronisation (1/60 s, parfois 1/125 s) sont un peu trop lentes pour une belle journée, prenez un film de faible ou moyenne sensibilité (de ISO 25/15° à ISO 100/21°), ce qui vous permettra de choisir une ouverture assez petite, mais vous contraindra à avoir un flash très puissant.

Quand on se sert d'un flash en extérieur, les parties non éclairées par la lumière naturelle sont souvent trop fortement éclairées par le flash; cela se produit surtout lorsque le sujet est proche de l'appareil. Mais tout en gardant l'automatisme, on peut diminuer la puissance du flash en le réglant comme si le film était plus sensible qu'il n'est en réalité. Par exemple, si l'on travaille avec un film de ISO 100/21°, on réduit de moitié la lumière en réglant le film sur ISO 200/24°, et de trois quarts sur ISO 400/27°. Il est également possible de réduire cet apport en plaçant une lentille diffusante, un filtre gris ou un simple calque (plusieurs épaisseurs si c'est nécessaire), en réglant le flash sur le mode manuel, mais le résultat restera aléatoire.

Cet enfant qui joue au fantôme a été photographié devant un mur blanc; la quantité importante de lumière réfléchie a induit en erreur la cellule du flash qui est conçue pour réagir à des scènes de réflexion moyenne. L'apport de lumière a donc été insuffisant, et la photo est sous-exposée (photo du haut). Dans un tel cas de sujet très clair, il faut donc augmenter l'exposition d'une demi-division de diaphragme et même parfois plus (photo du bas).

Henry Katz

Neil Montanus

Voici une scène très sombre : deux hommes en smoking, la nuit. La cellule du flash a donc reçu très peu de lumière réfléchie, et l'apport de lumière du flash s'est poursuivi au-delà de l'exposition correcte (photo de gauche). Pour corriger ce défaut, il faut réduire l'exposition d'une demi-division ou d'une division entière de diaphragme (photo de droite).

En mode manuel, la technique la plus simple pour diminuer l'apport lumineux du flash consiste à éloigner celui-ci du sujet, et, pour sous-exposer, l'éloigner encore plus que ne l'indique la documentation. Si vous utilisez souvent un flash comme lumière d'appoint en extérieur, vous avez peut-être intérêt à vous procurer un petit flash manuel, de faible puissance et bon marché. Faites quelques essais; vous saurez vite à quelle distance il donne les meilleurs résultats.

Il y a encore un autre cas où vous devrez corriger la quantité de lumière émise par votre flash automatique; c'est lorsque vous photographiez une scène très claire ou très sombre. De même qu'un posemètre, la cellule d'un flash automatique est conçue pour réagir à une réflexion d'intensité moyenne. Si le sujet et son environnement sont foncés, le flash émettra trop de lumière, ce qui provoquera une surexposition du sujet (voir la photo des deux hommes en smoking, ci-contre). Au contraire, si la scène est très claire, le flash n'émettra pas assez de lumière et le sujet sera donc sous-exposé (voir les deux photos de la page gauche).

Le plaisir de s'envoler sur une balançoire se lit sur le visage de cette fillette. On a utilisé un flash assez puissant pour permettre à l'enfant d'être correctement posé, bien qu'à contre-jour, devant un ciel lui-même encore très lumineux.

L'éclairage en studio

Stephen Kelly

C'est en studio que la maîtrise de l'éclairage est plus aisée. On peut en effet utiliser plusieurs flashes ou plusieurs projecteurs, associés à des panneaux réfléchissants ou diffuseurs, afin d'obtenir exactement l'éclairage souhaité. Il y a de très nombreuses façons d'éclairer un sujet, mais, notre exemple vous le montrera, c'est l'éclairage principal qui est primordial. L'éclairage principal est très proche d'un éclairage naturel latéral, comme en milieu de matinée ou en milieu d'après-midi, et sa position est décisive : si le sujet est éclairé sous un angle de 45° par exemple, des ombres se formeront et lui donneront un relief naturel; par le haut, cela fera briller ses cheveux comme s'il s'agissait du soleil. Lorsque vous cherchez où placer un projecteur, surveillez les ombres qui peuvent creuser les orbites du visage du sujet, ou apparaître sous son nez. Si l'éclairage est placé trop haut, les yeux peuvent être entièrement dans l'ombre. Et s'il est placé trop latéralement, l'ombre du nez peut se projeter sur la joue en une balafre disgracieuse.

Mais l'éclairage complémentaire, dit d'ambiance, est aussi très important : il permet d'éclairer les zones que l'éclairage principal n'atteint pas. Cet éclairage d'ambiance est souvent placé juste à côté de l'appareil, au même niveau ou légèrement plus haut. Dans cette position, presque toutes les ombres provoquées par cet éclairage n'apparaissent pas; on évite ainsi d'avoir un sujet avec deux jeux d'ombres, ce qui semblerait vraiment très peu naturel. Cet éclairage d'ambiance ne se présente pas toujours sous la forme d'un second projecteur. Pour un portrait simple, on peut placer un panneau réfléchissant près du sujet; la lumière de l'éclairage principal se réfléchit et vient éclairer le côté du visage qui était trop à l'ombre.

Mais il y a d'autres éclairages d'ambiance qui ont chacun un rôle bien défini. On éclaire souvent les cheveux du sujet (voir la page de droite) par un faisceau lumineux direct et concentré placé au-dessus de lui, un peu vers l'arrière ou le côté. Pour que le sujet se détache sur le fond, on éclaire ce fond avec un projecteur placé derrière lui. On ajoute parfois un éclairage en contre-jour si l'on veut en plus le cerner d'un halo de lumière.

Mais, pour obtenir un éclairage qui semble naturel, il faut savoir équilibrer l'éclairage principal et les éclairages d'ambiance. Le rôle de ceux-ci est d'atténuer les différences entre zones éclairées et zones non éclairées, afin que ces différences ne soient trop marquées sur le film. En général, on exprime ces différences en indice de lumination : par exemple, un rapport de 2 à 1 indique que les zones très éclairées reçoivent deux fois plus de lumière que les zones dans l'ombre. Pour les portraits, les rapports de 3 à 1 (de 4 à 1 pour les plus typés) donnent des résultats satisfaisants. Si le rapport est de 2 à 1, il y a si peu de différence entre les deux côtés du visage que l'ensemble manque de relief. Lorsque le rapport est plus grand que 4 à 1, l'éclairage devient trop appuyé et perd de son naturel; cela n'est pas possible pour les films couleur qui ne supportent pas une telle différence de lumination.

Lorsque l'éclairage principal atteint le sujet de haut et obliquement, avec un éclairage d'ambiance placé à côté de l'appareil à même distance du sujet que l'autre, on a un rapport de 3 à 1 si l'éclairage principal est deux fois plus puissant que l'éclairage d'ambiance, c'est-à-dire s'il y a une différence d'une division de diaphragme entre la quantité de lumière fournie par le premier et celle fournie par le second. Il s'agit bien d'un rapport de 3 à 1 plutôt que de 2 à 1 : en effet, le côté éclairé du visage reçoit trois unités de lumière, deux de l'éclairage principal et une de l'éclairage d'ambiance, alors que l'autre côté ne reçoit qu'une seule unité de lumière, celle de l'éclairage d'ambiance. Ce rapport de 3 à 1 peut s'obtenir au moins de deux façons : soit vous placez à égale distance du sujet deux flashes identiques à intensité variable dont l'un est réglé deux fois plus puissant que l'autre, soit vous utilisez deux flashes à intensité fixe dont l'un est plus éloigné du sujet que l'autre, d'une distance de 40 % environ de celle qui sépare le sujet du flash le plus proche.

En studio, on peut aussi créer certains effets, impossibles à réaliser avec un éclairage naturel. Mais, lorsque les éclairages sont calculés en conséquence, la scène peut rester naturelle.

Clifford Stoltz

Neil Montanus

L'éclairage principal est placé un peu plus haut que le sujet et de façon à faire avec lui et l'appareil un angle de 45°. Cela se rapproche de l'éclairage naturel et crée les volumes.

L'éclairage d'ambiance, moins puissant par rapport au sujet, est placé à côté de l'appareil et à la même hauteur; il adoucit les ombres sans pour autant créer d'ombres secondaires.

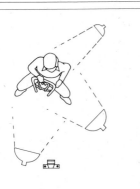

Un éclairage complémentaire placé au-dessus du sujet et légèrement à sa droite fait naître des zones claires sur ses cheveux et sur ses épaules; les contours du sujet sont maintenant plus dessinés.

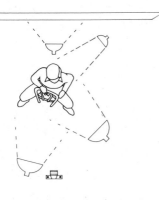

Enfin, un dernier éclairage a été placé derrière le sujet pour faire voir le fond; cela complète le volume du sujet tout en le faisant ressortir sur un fond qui paraît à la fois plus clair et plus lointain.

L'installation d'un studio

Qu'il s'agisse d'une installation provisoire ou définitive, la première qualité d'un studio est d'être spacieux. Il peut cependant être plus petit si l'on ne fait que des portraits en buste. Mais pour des portraits en pied, il vous faut une pièce assez grande : vous aurez besoin de reculer, et il faudra que le sujet ne soit pas trop près du fond, surtout si vous avez l'intention d'éclairer ce dernier et si vous voulez éviter qu'on y voie des ombres portées. Votre studio doit être assez large pour vous permettre d'installer des projecteurs et des panneaux réfléchissants sur les côtés, et assez haut de plafond pour que l'on puisse modifier suffisamment les points de vue par rapport au modèle. Il est également indispensable de disposer de rideaux ou de stores noirs afin d'empêcher la lumière du jour d'y pénétrer et de se mêler à votre éclairage. Sauf si le studio est très grand, vous peindrez en noir les murs et le plafond : vous pourrez ainsi maîtriser totalement l'éclairage mis en place et vous ne serez plus à la merci de réflexions parasites que la couche de peinture noire aura fait disparaître.

Le flash électronique est très pratique; presque tous les professionnels l'ont donc adopté dans leur studio en remplacement de l'éclairage au tungstène. Comme on le voit sur la photo de la page de droite, un flash professionnel se compose de plusieurs blocs générateurs que l'on peut brancher sur des prises de courant normales, et de tubes à éclat montés sur des pieds et placés dans des réflecteurs métalliques. Ces générateurs se rechargent très vite, ce qui permet au photographe de faire plusieurs clichés successifs.

Mais il n'est pas indispensable de disposer d'un matériel aussi élaboré pour réussir d'excellents portraits en studio. Deux ou trois flashes ordinaires, de puissance moyenne ou grande et d'intensité variable, vous suffiront. Vous pouvez compléter votre installation avec des lampes montées sur des pieds et avec des parapluies réflecteurs. Vous pouvez aussi prendre des morceaux de carton blanc de tailles différentes comme panneaux réfléchissants; d'autres morceaux de carton, ou de tissu, noir, collés ou tendus, vous seront utiles pour supprimer toute réflexion parasite. Vous pouvez aussi vous fabriquer un grand panneau réfléchissant en prenant un grand cadre rectangulaire et en tendant dessus un grand morceau de tissu blanc.

Enfin, il vous faut encore deux choses pour compléter votre installation : un pied bien stable et un fond. Dans de nombreux cas, un mur blanc ou de couleur neutre, non brillant, convient parfaitement. N'oubliez pas que vous pouvez changer la couleur d'un fond blanc ou clair en plaçant un filtre coloré ou une feuille de gélatine colorée devant le flash qui éclairera ce fond. Si vous voulez des fonds plus variés, vous pourrez

Carolyn Weatherly

Il est beaucoup plus facile de réaliser des effets spéciaux en studio. Pour la photo de cette petite fille, on a produit un effet de vignettage, en utilisant une lumière douce, diffuse, et un fond que l'on a pu choisir très précisément.

vous procurer des rouleaux ou de grandes feuilles de papier spécial en grande largeur que vous trouverez dans les magasins photographiques spécialisés; il est facile de les fixer sur des montants en bois ou de les suspendre.

Lorsqu'il y a plusieurs flashes, le réglage de l'exposition est assez délicat. S'ils ne sont pas reliés ensemble comme dans le système programmé Minolta, les flashes automatiques devront être mis en mode manuel, sinon le système de chacun d'eux sera perturbé par la lumière émise par les autres. C'est pour cette raison qu'il est utile de disposer d'un flashmètre. Les posemètres ordinaires sont conçus pour évaluer une lumière continue : on ne peut donc pas les utiliser avec des flashes. Au contraire, un flashmètre évalue à la fois l'intensité et la durée de l'éclair émis par le flash, ce qui vous permet de connaître l'exposition très simplement. Si vous ne possédez pas cet accessoire, réglez votre exposition pour la lumière principale et encadrez-la.

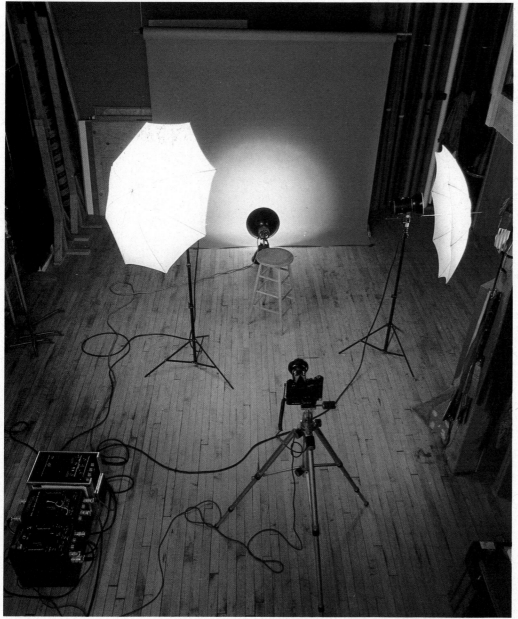

Steve Labuzetta

Voici une installation classique de studio professionnel. En bas à gauche, on voit les générateurs des flashes placés devant les parapluies réflecteurs et devant le fond. En haut à droite, on distingue toute une série de rouleaux de papier de fond, rangés verticalement contre le mur.

Une fois démonté et replié, l'équipement de base de prise de vue et d'éclairage d'un studio est relativement peu encombrant; il se range facilement et peut être transporté sans trop de difficulté.

Steve Labuzetta

Troisième partie

Photographier
les gens

Les enfants

Michael Hayman/Stock, Boston

On trouve chez les enfants une inépuisable richesse d'expressions, de gestes et d'attitudes. Leurs activités et leurs sautes d'humeur sont très photogéniques : on les voit tour à tour dormir ou jouer, faire les pitres ou bouder. Les enfants aiment souvent parader devant l'appareil, mais même lorsqu'ils fuient le photographe avec timidité, ils sont également intéressants à photographier.

Les meilleures prises de vue sont celles où l'enfant ne sait pas qu'on le photographie ou quand il est habitué à être photographié. Il ne faut pas se donner un air solennel pour photographier un enfant et se contenter de prendre sa photo une fois pour toutes; gardez votre appareil à portée de main et utilisez-le fréquemment pour que l'enfant n'ait plus conscience d'être devant l'objectif. Cela vous permettra de saisir au vol des regards ou des attitudes fugitives.

Quand on photographie des enfants, il est encore plus important que d'ordinaire de faire de nombreux essais : changez d'angle de prise de vue et de point de vue. Si vous êtes debout pour cadrer, l'enfant sera vu avec un œil d'adulte. Si vous le prenez en plongée, en vous surélevant sur une chaise ou en montant de quelques marches, vous aurez la photo d'un tout petit enfant perdu dans un monde d'adultes. Mais vous constaterez vite que vos meilleures photos sont celles que vous aurez prises au niveau de l'enfant. Elles seront plus confiantes et plus sincères; les expressions de l'enfant et sa taille seront plus amènes car elles seront plus naturelles.

Les enfants sont de petite taille; il faut donc que vous en soyez assez près pour qu'ils remplissent bien la photo. On utilise en général à cette fin un téléobjectif moyen (de 85 à 135 mm pour les appareils 24×36). Ces objectifs vous permettent de ne pas trop vous approcher du sujet pour les photos prises sur le vif; d'autre part, ils n'ont pas une focale si longue que vous puissiez manquer de recul lorsque vous vous trouvez dans une pièce de dimensions réduites. Si vous voulez faire un cadrage serré du visage, vous aurez une photo naturelle et les traits ne seront pas déformés (voir la photo ci-contre). Quand vous prenez un objectif permettant une assez grande ouverture (f/2 ou f/2,8) et un film sensible (ISO 400/27° ou plus), vos photos en intérieur seront réussies si, avec la lumière naturelle, vous profitez d'un moment où l'enfant ne bouge pas trop pour effectuer les réglages nécessaires. Si votre jeune sujet est trop turbulent pour poser, prenez un flash pour éclairer la scène. Pensez à utiliser la lumière réfléchie pour obtenir une photo plus naturelle (voir page 98).

Il vous sera parfois utile d'avoir un film sensible pour photographier les jeux des enfants à l'extérieur, même si la lumière est assez forte. Un film à haute sensibilité vous permettra d'utiliser une petite ouverture pour avoir une bonne profondeur de champ et une vitesse d'obturation assez grande pour figer un mouvement; lorsque ces deux conditions sont réunies, il est en effet plus facile de saisir les sujets imprévisibles et toujours en mouvement que sont les enfants. Il faut au moins une vitesse de 1/125 s pour figer une action; mais une vitesse de 1/250 ou 1/500 s est encore préférable. Utilisez un téléobjectif de 135 à 200 mm pour vous faciliter la tâche lorsque les distances sont plus grandes, à l'extérieur par exemple. L'objectif le mieux adapté à cet égard est un zoom de puissance moyenne, de type classique (80 à 200 mm). Ne poursuivez pas vos sujets s'ils s'échappent continuellement : installez-vous à un endroit pratique et variez le cadrage en modifiant la focale.

Cette petite fille regarde droit dans l'objectif; et pourtant, ce cadrage serré laisse deviner sa timidité : ses mains cachent une partie de son visage, et son regard trahit une certaine réticence face à l'appareil.

▶

Choisissez un décor simple et laissez l'enfant s'absorber dans son jeu préféré; ainsi, il vous oubliera plus facilement. Sur cette photo, la jetée, l'eau parfaitement calme, les pieds nus de l'enfant et son bateau évoquent le temps des vacances.

Jim Keating

Cette photo qui montre les réactions de trois fillettes éclaboussées par un système d'arrosage a été prise à leur hauteur. Pour saisir ces réactions spontanées d'enfants placés dans ce genre de situation, il faut avoir effectué au préalable tous les réglages et ne laisser les sujets agir qu'ensuite.

Jay Freis/The Image Bank

Cette photo très originale a été prise d'un endroit qui surplombait la scène. Le quadrillage régulier du dallage contraste avec le dynamisme de ces jeunes qui s'entraînent au basket. Le fait d'avoir nettement décentré le groupe des enfants accroît l'impact visuel de cette photo.

110

Les enfants sont un peu flous et le fond l'est totalement : cela illustre bien l'ivresse que ressent un enfant à s'étourdir sur un manège.
Le photographe qui s'était installé sur le manège face à eux a utilisé une vitesse d'obturation lente.

Les bébés

Pendant les deux premières années de sa vie, l'enfant ne cesse de se transformer physiquement et d'évoluer. Chaque mois qui passe offre de nouvelles occasions de photos, mais si vous voulez les exploiter au maximum, il vous faudra adapter la photo au développement de l'enfant.

On photographie plus facilement les nouveaux-nés en gros plan dans les bras de leurs parents, à plat ventre sur un lit ou encore dans leur berceau. Quand un bébé à plat ventre est capable de relever la tête, on peut le photographier de face, en gros plan, dans cette position. On réussit des photos intéressantes quand on dépose sur une couverture unie un bébé tout nu qui essaie de se retourner : mettez-vous juste au-dessus de lui pour photographier ses efforts.

Dès qu'ils peuvent se tenir assis, ils se prêtent bien aux portraits de face ou de profil. Et pour les enfants qui commencent à se déplacer à quatre pattes, il faut se mettre à leur niveau pour donner une impression de complicité. Quand ils arrivent à se tenir debout ou à se déplacer avec un baby-trot, les possibilités de photos se multiplient : on peut les photographier debout ou s'en rapprocher pour faire un gros plan du visage, mais toujours en se plaçant à leur hauteur. Et quand ils commencent à marcher, les occasions de les photographier sont tout aussi nombreuses, car leur curiosité et leur activité sont inépuisables. Il est inutile alors d'essayer de les faire poser, car, à cet âge, ils ne se prêteront pas à vos désirs.

A tous les âges, l'heure du bain, du repas ou de la sieste présente de bonnes occasions pour les saisir sur le vif, car ils pensent à autre chose. Si vous voulez des photos plus posées, essayez de parler à l'enfant continuellement pour le rassurer. Tous les bébés aiment cela; déjà les nouveaux-nés tournent la tête vers celui qui parle avant même d'être capables de le distinguer. Mais n'espérez pas de vrai sourire chez les enfants de moins d'un mois.

Pour que l'éclairage soit naturel, approchez le berceau près de la fenêtre où la lumière sera douce et diffuse; ou bien demandez à l'un de ses parents de le prendre dans ses bras et de s'asseoir près d'une fenêtre. N'utilisez jamais de flash; on peut très souvent se contenter de la lumière ambiante si l'on prend un film sensible (ISO 400/27° ou plus) et une grande ouverture (f/2,8 ou plus). Les bébés ne restent pas longtemps immobiles; utilisez donc la plus grande vitesse que vous permettent les conditions où vous opérez. Prenez plusieurs photos successives : les expressions des bébés sont si fugitives qu'elles peuvent avoir changé avant que vous ne vous en aperceviez. Pour des sujets aussi remuants et versatiles, on est parfois obligé d'avoir recours au flash pour figer un mouvement. Dans ce cas, on obtient une scène plus naturelle et plus douce en utilisant la lumière réfléchie du flash, ce qui leur

Derek Doeffinger

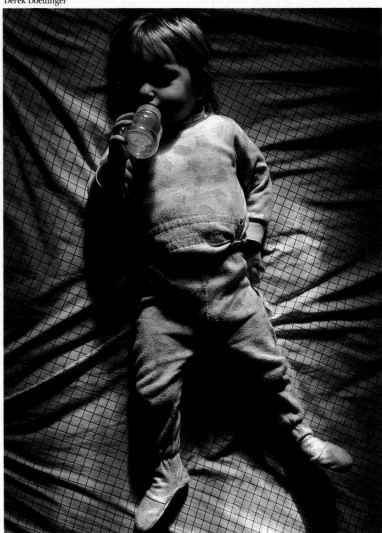

évitera l'éblouissement, ressenti aussi bien par les enfants que par les adultes; mais sans en abuser, en ne se mettant pas très près, on peut utiliser le flash en direct, même avec de très jeunes enfants.

Un téléobjectif normal ou moyen convient parfaitement pour les photos de bébés. Mais n'oubliez pas que vous ne devez pas être trop éloigné du bébé pour que celui-ci remplisse bien la photo. Bien souvent, les photos de bébés présentent une toute petite silhouette dans un décor à la dimension d'un adulte. Si vous voulez vraiment un gros plan du visage ou d'un détail de l'enfant (voir la photo de la page de droite), il est préférable d'utiliser un objectif macro (ou un zoom permettant un résultat identique). On peut aussi visser des lentilles additionnelles sur l'objectif : c'est une méthode simple et nettement moins onéreuse.

Le calme règne dans cette pièce aux rideaux transparents tirés, où un bébé tête tranquillement son biberon. Le drap quadrillé est un exemple de fond simple qui donne de bons résultats pour les photos de bébés.

Kasia Gruda

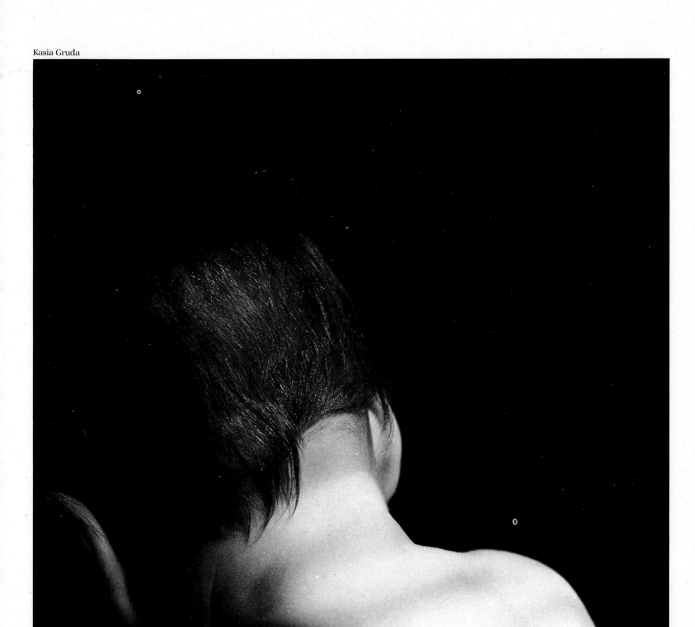

Ce gros plan sur la nuque d'un bébé met en évidence deux traits caractéristiques de cet âge : l'aspect soyeux des cheveux et la douceur de la peau. On aurait pu choisir aussi de faire un gros plan sur ses mains potelées, ses jambes cambrées ou son ventre rebondi.

L'enfant et son univers

L'univers de l'enfant est plein d'accessoires qui soutiennent le jeu de son imagination; les attitudes inattendues qu'il prend ne manquent guère quand il évolue sans contrainte dans son rêve.

Pour bien rendre le monde de l'enfant sur une photo, ne le regardez pas avec vos yeux d'adulte; recherchez les activités, les jouets, les locaux qui parlent de l'enfant. Deux des trois photos ci-contre présentent l'enfant avec son dessin : elles acquièrent une nouvelle dimension car le dessin nous montre l'imagination et l'habileté du jeune artiste à l'œuvre. Mais ce résultat peut aussi être atteint quand on photographie une fillette qui joue avec ses dinettes, un garçon qui organise une course de voitures miniaturisées ou qui bâtit un château de sable. Quand bien même l'enfant aurait tendance à faire le pitre, la photo peut être plaisante et révélatrice (voir la photo du petit garçon, en bas à droite).

Pour photographier un enfant dans son univers, il est conseillé d'utiliser un grand-angulaire de 35 ou 28 mm. Cet objectif permet d'avoir une vue plus panoramique de la scène, même dans un local exigu empêchant de prendre du recul. Et comme la profondeur de champ d'un grand-angulaire est plus grande, cela augmente d'autant la netteté aussi bien devant le sujet que derrière lui. On peut aussi l'utiliser pour donner une importance exagérée à un ou plusieurs éléments du premier plan (voir la photo ci-contre). Mais, avec un grand-angulaire, vous devez veiller à ne pas déformer vos jeunes sujets : évitez donc de les placer au bord de votre photo ou au premier plan, tout près de l'appareil.

La principale difficulté que l'on rencontre quand on veut photographier un enfant dans son décor, c'est le risque d'obtenir une photo trop chargée qui donne alors l'impression d'avoir été prise au hasard. L'une des méthodes possibles pour éliminer les détails superflus consiste à prendre la photo en plongée : le sujet et ses accessoires se trouvent donc placés sur un fond uni (le sol, dans le cas de la petite fille qui a dessiné sur le trottoir).

Il existe un autre procédé, plus délicat à employer : c'est celui qui a été utilisé pour la photo du petit garçon qui dessine sur un tabouret. L'ameublement de la pièce, qui aurait pu détourner l'attention du sujet principal, a été habilement dissimulé dans l'ombre. Sur la troisième photo, l'unité est donnée par la masse imposante de la maison. Quand vous vous préparez à faire ce type de photo, n'oubliez pas que les enfants remuent sans cesse et ne restent pas longtemps en place : faites d'abord tous vos réglages et ne demandez qu'ensuite à l'enfant de poser pour vous.

Donald Dietz/Stock, Boston

Une petite fille vêtue de couleurs vives a mis un beau ruban dans ses cheveux pour nous faire admirer son dessin éclatant de couleurs. La prise de vue en plongée permet d'avoir un fond plus sobre; le grand-angulaire a étiré en longueur les dessins à la craie, ce qui leur donne plus d'importance. Mais le photographe s'est malgré tout accroupi pour se mettre à hauteur de l'enfant.

Pour traduire le monde intérieur et extérieur de ce jeune artiste, le photographe a soigneusement placé son sujet à la lumière de la fenêtre et a choisi son exposition en fonction des parties éclairées. Cela a permis de faire disparaître presque tous les détails de la pièce tout en nous laissant entrevoir le jardin. Si l'exposition avait été calculée uniquement pour l'intérieur de la pièce, la zone des fenêtres aurait été surexposée.

Tout dans cette photo évoque le bonheur de l'enfance, depuis les pieds nus de ce garçon qui joue les gros bras jusqu'à la lumière orangée et chaude du couchant. Mais !es ombres du soir qui commencent à envelopper la scène et la maison empêchent la photo d'être surchargée.

Les enfants seuls

Fulvio Roiter/The Image Bank

Le décor d'un porche convenait très bien à cette fillette pensive. La balustrade, la colonne et la partie sombre du fond constituent un merveilleux encadrement naturel. Les couleurs de la maison et celles des vêtements de l'enfant se font écho. L'ombre qui règne sous le porche ajoute une note rêveuse au visage de l'enfant.

Pour des portraits non posés, les enfants sont en général de meilleurs sujets que les adultes. Face à l'appareil, les adultes ont tout un simulacre d'attitudes, perceptible dans leurs gestes, leur mode d'habillement et de comportement. Comparativement, les enfants sont bien plus naturels.

Les enfants sont à un stade de la vie où leur personnalité commence seulement à se forger, et ils sont parfois sans nuance. Ils sont pleins d'imagination, spontanés, curieux et changent de personnage avec autant de facilité qu'un adulte change de chemise. Ils ne craignent pas d'afficher ce qu'ils ressentent; ils le manifestent même de façon plus vigoureuse et plus outrancière ou passent d'un sentiment à un autre dans le même instant. Ils présentent à la fois une indépendance et une vulnérabilité que l'on trouve chez fort peu d'adultes. De même, ils peuvent être simultanément d'une grande naïveté dans un domaine et très exigeants dans un autre.

Ces attitudes si diverses font tout l'intérêt de la photo d'enfant, et les parents qui, sous des aspects quotidiens et variés, photographient les différentes étapes de la vie d'un enfant en tirent énormément de joies. Quand vous faites un portrait non posé d'un enfant, essayez de le placer dans un décor qui l'évoque ou qui forme avec sa présence une composition visuelle originale. Pour la photo du petit garçon avec son ballon en plastique, par exemple, le bâtiment qui est derrière lui a deux buts : il montre la taille réelle de l'enfant et forme avec lui une composition très structurée.

Les détails de bâtiments (portes, fenêtres, façades) sont utiles non seulement pour donner une idée de la taille de l'enfant à tel ou tel âge, mais aussi pour servir d'encadrement (voir ci-dessus la photo de la petite fille sur le porche de sa maison). Les bâtiments apportent parfois une note très colorée qui convient mieux aux enfants qu'aux adultes et qui fait écho aux couleurs vives dont les enfants sont très souvent vêtus. Ces éléments peuvent être aussi déterminants pour la réussite d'un portrait que l'expression du visage. L'attitude de l'enfant, son port de tête ou des bras, sont également très révélateurs, car ces poses sont en général moins calculées chez lui que chez les adultes.

Les enfants aiment jouer et sont très curieux; ils répondent parfois admirablement à ce que l'on attend d'eux si on leur explique ce qu'ils doivent faire et si on les fait participer à la mise en place du décor. Avant tout, il faut éviter que la séance de photo ne soit par trop rigide et figée.

▶

Voici une composition très réussie : les couleurs vives d'un bâtiment aux formes géométriques très strictes contrastent avec la joie de l'enfant qui tient son ballon. De plus, les bleus (le triangle du ciel, la base du bâtiment, le short et les baskets du petit garçon) se répondent l'un à l'autre.

Kasia Gruda

Dick Faust

Le portrait de ce petit garçon a été réalisé un jour de pluie. Le mauvais temps fait ressortir les couleurs vives du ciré et de la porte, et les traces de pluie lui donnent un aspect luisant. Le ciel couvert fournit une lumière douce et diffuse, bien que renforcée par un immeuble clair situé face à l'enfant qui met en évidence les gouttelettes d'eau.

Kitty Simpson

Le large sourire et la position contorsionnée de cette petite fille nous montrent qu'elle est tout à la fois ravie qu'on s'occupe d'elle et prête à s'enfuir.

La rêverie fait partie de l'enfance, au même titre que l'activité du jeu; on peut profiter de ces moments de rêverie pour prendre sur le vif des photos inattendues. Ici, l'enfant tend la main vers une autre main, celle du socle du vase, tandis que le chien guette le sandwich à peine entamé.

On remarque tout de suite les grands yeux en amande de ce petit garçon. Le photographe en a fait le sujet de sa photo; pour cela, il s'est approché et a demandé à l'enfant de regarder droit dans l'appareil.

Les familles

Pour les portraits de famille, on représente traditionnellement parents et enfants réunis afin de montrer la cellule familiale dans son entier. Malheureusement ce type de photo est souvent de peu d'intérêt et révèle rarement les caractéristiques de la famille en question. La plupart du temps, il ne dégage pas la personnalité de la famille dans son ensemble, ou bien ce qui la différencie d'une autre famille. Sur la photo d'Evelyn Hofer, on voit une famille bien habillée qui pose assez cérémonieusement; on comprend immédiatement que son style de vie n'a rien de commun avec celui des fermiers qui posent en famille devant leur camion.

Lorsque vous faites poser une famille, essayez de trouver un lien entre tous ses membres pour en montrer l'unité. Il suffit souvent de les faire poser groupés les uns contre les autres. Pour une photo plus travaillée, vous pouvez aussi créer un sentiment d'unité avec certains éléments comme des textures, des formes, des couleurs ou des lignes qui conduisent le regard d'un personnage à l'autre.

Disposez le groupe à votre gré, mais veillez toujours à ce que les visages forment une ligne dynamique, car l'attention est toujours attirée en premier lieu par les visages. Des visages alignés les uns à côté des autres aboutissent à une image statique, tandis que s'ils sont disposés en quinconce ou en triangle, la photo sera plus vivante. Lorsque le mari et la femme sont de même taille et posent avec leurs grands enfants, on apporte une note de variété en faisant asseoir ou agenouiller certains membres de la famille, ou encore en leur demandant de monter sur un banc ou autre chose.

Pour que tous les membres de la famille soient uniformément éclairés, prenez votre photo à la lumière douce d'un jour où le ciel est couvert, ou bien faites-les poser à l'ombre près d'un bâtiment. En intérieur, utilisez la lumière réfléchie d'un flash (voir page 98).

Si vous voulez figurer sur la photo, demandez à un ami de se mettre à votre place pendant que vous cadrez; effectuez les réglages de votre appareil monté sur un pied et changez ensuite de place avec votre ami : il n'aura plus qu'à déclencher. Cette façon de procéder donne une photo plus vivante que si vous utilisez un retardateur ou un déclencheur à distance : ces accessoires ne vous permettent en aucun cas de juger du cadrage final avant de prendre la photo. Et comme pour toutes les photos de groupe, pensez à prendre plusieurs clichés pour en avoir au moins une où personne ne plisse les yeux ou ne fasse accidentellement la grimace.

Evelyn Hofer

Joan Liftin/Archive Pictures

En haut : ce portrait traditionnel, fait par le célèbre photographe Evelyn Hofer, montre bien la réserve de cette famille bourgeoise. Le fond de sous-bois et le tweed des vêtements classiques offrent une texture légère, variée et assez sombre pour bien mettre les visages en valeur.

En bas : le père, qui retient tout le monde dans ses bras, sert de trait d'union entre chacun des membres de la famille.
Les personnages ont été groupés en triangle, encore plus serrés par le froid que laisse deviner le passe-montagne de l'un d'eux. Le camion sert d'encadrement et révèle la vie quotidienne de cette famille.

Le costume porté par chacun des membres de cette famille de paysans russes montre qu'ils sont fiers de leurs traditions. C'est autour des différences d'âge que le photographe a construit sa photo; pour cela, il a fait s'asseoir les parents de part et d'autre des deux plus jeunes enfants, les autres étant placés en cercle autour d'eux.

Les potirons éparpillés servent d'encadrement à la famille; ils créent l'unité et nous disent qu'il s'agit d'une famille de fermiers. Prise en plongée, la photo donne plus d'importance aux couleurs vives des potirons.

Gros plan
sur Joel Meyerowitz

Les photos de Joel Meyerowitz sont des photos qui viennent du cœur. « Je ne fais une photo que si je ressens quelque chose », affirme-t-il. Ses photos de personnages montrent qu'il participe à la vie de ses sujets, car ce n'est que lorsqu'il se sent très proche d'eux qu'il les « met en boîte » et prend une photo.

Meyerowitz a toujours observé les gens avec attention. Il a passé son enfance dans le quartier délabré du Bronx à New York; les mouvements des gens, leur grouillement et leur comportement, parfois violent ne lui sont pas étrangers. Au départ, c'est par réaction défensive qu'il s'initia à la photographie. Quand il commença à faire ses premières photos, la rue et ses habitants devinrent tout naturellement le sujet de ses photos.

A ses débuts, Meyerowitz travaillait avec un appareil 24×36. Aujourd'hui il préfère, au moins pour ses travaux personnels, utiliser une vieille chambre 20×25, plus encombrante, afin de prendre des « photos plus percutantes »; d'autre part, « les négatifs, plus grands, ont une très grande définition, avec des détails très nets et des textures et des couleurs plus affirmées ». Cela modifie aussi ses rapports avec ses sujets, car ceux-ci doivent se tenir en face d'un appareil qui est aussi gros que leur visage.

Une grande partie des portraits de Joel Meyerowitz fut exécutée au Cap Cod, où il passe ses vacances en famille. Ce lieu fut le sujet d'un très bel album, *La Lumière du Cap*; la photo ci-contre, qui représente sa fille, est une de ses préférées. « C'est une enfant de la ville », dit-il de sa fille. « Elle avait imaginé ce jour-là de faire du patin à roulettes sur la pelouse; je lui ai demandé d'arrêter parce qu'elle arrachait le gazon avec les roulettes de ses patins. Quelques instants plus tard, j'ai jeté un coup d'œil vers elle : elle était juchée sur le capot de la voiture et elle boudait. C'est typique du comportement d'une gosse de cet âge, et je la reconnaissais bien là. » Heureusement sa chambre-photo était prête et il s'empressa de faire une photo.

Pour Meyerowitz, les photos sont un moyen de communication; elles lui permettent d'aller un peu plus avant dans la connaissance des autres. « La vie est pleine de richesse et d'intérêt. Quand on prend une photo, c'est parce qu'on aime la vie. »

©1983 Sasha Meyerowitz

Parents et enfants

La relation entre parents et enfants ne ressemble à aucune autre. Cela n'est décelable sur une photo que si l'on tient compte d'un certain nombre de facteurs, dont le plus important est l'âge, et donc la taille de l'enfant.

Quand ils sont tout petits, les enfants se blottissent volontiers dans les bras ou sur les genoux de leurs parents; le centre d'intérêt de la photo est alors évident. De plus, les visages de l'adulte et de l'enfant sont en général situés sur une ligne oblique, ce qui empêche la photo d'être trop statique.

Lorsqu'ils sont un peu plus grands, on peut leur demander de venir près de leurs parents, et cela donne parfois le sentiment d'une cohésion qui peut être très photogénique. On conseille souvent de faire asseoir ou agenouiller l'adulte tandis que l'enfant se tient debout à côté. Cela rapproche leurs visages tout en les disposant sur une ligne oblique qui ajoute de l'intérêt à la photo (voir la photo de la page de droite).

Les adolescents, et plus particulièrement les jeunes garçons, manifestent souvent une certaine réticence envers les attitudes câlines. Ils tolèrent tout juste qu'on les prennent par l'épaule (voir la photo du père et du fils, page 126). Si vous insistez pour qu'un adolescent soit plus démonstratif, vous vous trouverez en face d'un sujet gauche et mal à l'aise. Dans ce cas, donnez de l'unité à votre photo en plaçant l'adolescent à côté de l'adulte mais légèrement en avant, et faites-les se toucher en jouant sur l'angle de prise de vue. L'adulte, qui est en général le plus grand des deux, doit être un peu en arrière; mais bien entendu, si cet adolescent est une « perche » et que sa mère, elle, est plutôt petite, il faudra faire le contraire.

Pour certains portraits qui regroupent parents et enfants, il faut chercher une astuce visuelle. Par exemple, s'il y a entre eux une forte ressemblance physique, on peut faire leur portrait en gros plan pour souligner cette ressemblance. En revanche, un portrait en pied, ou même en contre-jour, mettra mieux en évidence une ressemblance morphologique. La mère et la fille, ou le père et le fils, peuvent s'habiller ou se coiffer de la même façon. Le bleu de travail (page 126) et la coiffure (page 125) créent un lien entre les personnages et aident à les identifier comme étant mère et fille (ou père et fils).

Les photos de père et de fils ne sont pas obligatoirement des portraits de face. Cette photo, prise dans la rue, nous fait ressentir combien les adultes paraissent gigantesques à un enfant.

Niki Berg

Le geste affectueux de la
petite fille aide à créer une
composition triangulaire
dont le sommet marque la
grande ressemblance entre
la mère et la fille, renforcée
par leur coiffure identique.
La télévision en noir et
blanc juxtapose un
contraste inattendu et met
en évidence les couleurs
chaudes de la photo.

Cette photo a été prise par la fenêtre ouverte qui sert d'encadrement à cette jeune mère consolant son enfant. Le rouge de son écharpe et du pull-over de l'enfant est un point commun supplémentaire entre les deux personnages.

On devine qu'il s'agit là du père et du fils à cause de leur ressemblance (visage et morphologie); et les salopettes nous apprennent qu'ils travaillent ensemble à la ferme. Le père pose fièrement une main protectrice sur l'épaule de son fils qui, lui, garde ses distances.

Michael Skott/The Image Bank

Marcia Lippman

Sur ce portrait du père et du fils, on remarque tout de suite le regard pensif et un peu intimidé de l'enfant. Les vêtements sont de couleur sombre ainsi que le fond; avec l'éclairage latéral qui vient de la fenêtre, cela permet d'encadrer en plus sombre et d'isoler les deux visages. Enfin le regard du père sur son fils est tel qu'il dirige notre propre regard sur l'enfant.

Ces deux petits hindous sont coquettement vêtus et les mères les tiennent l'une sur le bras gauche, l'autre sur le bras droit, construction un peu trop symétrique. Mais ici, les visages des enfants ne sont ni au même niveau, ni tournés dans la même direction et cela suffit pour rendre la photo vivante.

Les enfants entre eux

Les enfants sont très souvent en groupe; il peut s'agir de frères et sœurs, de voisins qui jouent ensemble, de camarades de classe ou de membres d'une équipe sportive. Ils sont en général plus faciles à photographier collectivement car ils sont alors plus à l'aise et moins craintifs qu'individuellement.

Même pour des photos assez officielles, il est préférable de les laisser se placer eux-mêmes. Si certains sont vraiment trop grands et d'autres trop petits, essayez de trouver dans le décor un élément (des chaises ou quelques marches) qui leur permet de s'asseoir ou de rester debout, de se placer sur différents niveaux, de regrouper les visages.

Tâchez de trouver un décor permettant un fond simple afin de mieux faire ressortir l'unité du groupe et sa spécificité. Si nous voyons un tableau noir, par exemple, nous en déduisons que ces enfants sont dans la même classe, alors que si nous voyons une pelouse et des balançoires, nous savons qu'il s'agit de compagnons de jeux. Les accessoires et les habits peuvent être aussi très révélateurs. Un ballon de foot avec un groupe vêtu comme à l'ordinaire suffit pour nous faire comprendre qu'il s'agit d'une équipe improvisée.

Quand ils sont à plusieurs, les enfants se stimulent les uns les autres, ce qui est une occasion rêvée pour le photographe. Il leur arrive de se taquiner ou de faire des mimiques devant le photographe qui peut alors réaliser des photos spontanées. Il y aura des jours aussi où vous n'obtiendrez que des sourires de commande. Il faut alors tourner la difficulté en prenant deux ou trois clichés, puis en faisant semblant de rectifier le réglage de l'appareil. Les enfants auront alors l'impression d'être entre eux et oublieront vite le photographe. Ce sera alors le moment de faire quelques instantanés très naturels. Quand vous photographiez un groupe, ne vous contentez jamais d'une seule photo : vous ne pouvez pas surveiller tout le monde à la fois, et il y a presque toujours quelqu'un qui n'aura pas l'attitude qui convient.

En extérieur, il est préférable de faire ces photos à la lumière diffuse d'un ciel couvert ou à l'ombre d'une maison; ainsi, vos sujets ne plisseront pas les yeux et il n'y aura pas d'ombres disgracieuses sur les visages. En intérieur, il est conseillé d'utiliser la lumière réfléchie d'un flash qui est douce et également répartie et permet cependant de figer les mouvements.

Ces quatre petites filles aux joues roses et au large sourire sont placées en diagonale. Derrière elles, les maisons pittoresques et les collines herbeuses sont suffisamment précises pour permettre de deviner que nous sommes dans un petit village irlandais.

Cary Wolinsky/Stock, Boston

Un des enfants fait le pitre, tandis que l'autre se demande si l'on peut tenir à trois sur une seule corde à nœuds. On ne voit pas le visage du troisième enfant, mais ce n'est guère gênant. En effet, pour ce genre de photos prises sur le vif, c'est l'atmosphère générale de la scène qu'il faut s'efforcer de rendre, même au détriment du visage de certains des personnages.

Les adolescents

Elizabeth Hamlin/Stock, Boston

Ils ont franchi le stade de l'enfance, mais ils ne sont pas encore parvenus au stade adulte; ainsi s'explique le fait qu'ils puissent aussi facilement passer de l'enthousiasme et de la vivacité propre à l'enfance à cette contenance plus réfléchie qui est celle d'une maturité en gestation. Ils seront tantôt débordants d'une vitalité joyeuse (voir les jeunes filles ci-dessus), tantôt saisis de mélancolie et de rêverie languide. C'est aussi l'âge où ils sont au meilleur de leur forme, à la fois agiles, graciles et débordants d'énergie. Ajoutez à tout cela leurs foucades et des choix vestimentaires qui se réfèrent à la même mode, et personne ne s'étonnera qu'ils soient d'excellents sujets pour des photos prises sur le vif. Mais, quand ils sont en groupe, ils sont parfois très préoccupés par leur aspect physique et se sentent mal à l'aise devant un appareil.

Quand ils sont chez eux, vous éviterez cette gaucherie en gardant votre appareil à portée de main, et vous les photographierez lorsqu'ils sont absorbés dans une de leurs activités habituelles, par exemple quand ils font leurs devoirs, montent une maquette, dessinent, regardent la télévision ou jouent à un jeu vidéo. La photo d'un garçon qui se rase, d'une jeune fille qui se maquille, peut symboliser par exemple le stade transitoire de l'adolescence. Avec un téléobjectif moyen (de 85 à 135 mm), vous pouvez cadrer et faire disparaître les détails du fond tout en étant assez loin du sujet pour qu'il n'entende pas trop le déclic de votre appareil. Vous pouvez aussi prendre un appareil compact (attention au bruit s'il a un moteur), plus silencieux, qui vous permettra de vous rapprocher

On reconnaît bien la vitalité de l'adolescence sur cette photo où plusieurs adolescentes s'efforcent de figurer sur le cliché aux côtés des deux personnages principaux. Pour ce genre de photo, on a intérêt à utiliser un grand-angulaire et à photographier d'assez près.

davantage. Mais dans les deux cas, l'éclairage étant en général assez faible, il vous faudra utiliser un film à haute sensibilité avec une grande ouverture, et vous devrez faire la mise au point très soigneusement.

Si vous cherchez à faire un portrait plus posé, demandez à l'adolescent d'agir comme s'il se livrait à l'une de ses occupations préférées. Il fait seulement semblant, mais cela suffit à le mettre un peu plus à l'aise, il vous oubliera alors plus facilement, et vous aurez plus d'opportunité à contrôler l'éclairage, le fond, l'angle de prise de vue. Mais le principal avantage, c'est que vous aurez un portrait qui montrera ce qu'il aimait faire à cette époque de sa vie.

Les adolescents passent beaucoup de temps avec leurs amis, en dehors de chez eux; pour donner une idée de leur style de vie, vous devrez fréquenter les mêmes endroits qu'eux. Ce sera parfois un endroit où ils peuvent flâner ensemble. Mais cherchez plutôt là où ils seront tout à tour en pleine action et au repos : un parc, un terrain de sport ou, en été, la plage ou la piscine. Dans ce cas, la meilleure méthode est de travailler de plus loin avec un téléobjectif.

Leo Rubinfien

Ces trois jeunes font une
halte sur le bord de la
célèbre Fontaine de Trevi
(Rome); l'attitude
mélancolique et rêveuse
des deux jeunes filles est
tellement similaire qu'elle
ne peut que retenir notre
attention.

Les couples

Quand vous photographiez deux personnes, que ce soit pour une photo prise sur le vif dans la rue ou pour un portrait posé, ce qu'il faut faire ressortir, c'est le lien qui existe entre elles. Bien souvent un geste ou un regard témoignera de leur complicité. Si l'on regarde la photo des deux Esquimaux ci-contre, on comprend qu'il est plus important de montrer cette relation que de représenter franchement leur visage.

Pour des photos prises sur le vif, ce qui est primordial, c'est de déclencher au moment où les sujets ne s'intéressent que l'un à l'autre. Cela permet de les photographier d'assez près, surtout si l'on utilise un appareil compact silencieux. Pour avoir plus de chances de saisir ces instants privilégiés et éphémères, soyez prêt à tout moment. Utilisez un film à haute sensibilité et une vitesse rapide d'obturation; réglez la distance et l'exposition à l'avance.

On peut aussi réaliser de très beaux portraits posés de couples; il faut alors savoir les placer pour que la composition reste dynamique. Si les visages des deux personnes debout sont côte à côte, vous obtiendrez une photo très statique. Il est préférable de les décaler un peu pour que les visages se trouvent sur une même diagonale : vous pouvez, par exemple, demander à la femme de descendre d'une marche devant son mari, ou de s'asseoir sur le bras du fauteuil dans lequel il est installé; pour une photo en pied, l'une des deux personnes peut être debout et l'autre assise. Si vous limitez votre portrait aux visages, mettez la bouche de l'un à la hauteur des yeux de l'autre.

Quelle que soit la position du couple, il est conseillé de placer l'épaule de l'un légèrement devant celle de l'autre (voir photo de la page de gauche), pour donner plus d'intimité au couple. Vous pouvez aussi apporter une certaine nuance à votre photo en donnant plus d'importance à l'un des deux personnages : demandez par exemple à l'un d'eux de se rapprocher, ou bien montrez-en un de face et l'autre de trois quarts. De même, si l'un des deux personnages regarde l'autre, c'est ce dernier qui devient le centre d'intérêt.

Il est assez difficile d'éclairer de façon égale les deux sujets avec un faisceau lumineux direct; il vaut mieux utiliser une lumière adoucie et diffuse. Une fenêtre orientée au nord avec un panneau réfléchissant en face, une zone à l'ombre si vous êtes en extérieur, ou la lumière réfléchie d'un flash si vous êtes en intérieur, vous donneront un éclairage plus uniforme. Cela vous donnera aussi plus de possibilités pour placer vos sujets.

Frank Siteman/Stock, Boston

Du haut des escaliers qui surplombent la place d'Espagne à Rome, un jeune couple contemple la ville. La jeune femme se serre contre son compagnon et leurs mains se joignent. Cette attitude dénote immédiatement leur intimité. La lumière oblique qui les éclaire et leur netteté par rapport au reste de la scène les mettent en valeur.

Voici une bien jolie scène photographiée par Mary Ellen Mark, célèbre reporter. Le bonheur et la tendresse de ce couple contrastent avec le décor plutôt froid du ferry de Staten Island (New York).

Le visage de la femme est presque totalement caché, mais nous saisissons tout de suite le lien très fort qui unit les deux personnages. La lumière dorée d'une fin d'après-midi a permis au photographe de saisir cet instant d'intimité et l'expression attentive de l'Esquimau.

Les personnes âgées

Pour les photos des personnes âgées, l'élément le plus important, c'est la lumière. La lumière directe (celle du soleil comme celle des flashes) fait ressortir les taches de vieillesse et les rides. Au contraire, une lumière douce et diffuse ne laisse voir que les marques les plus soulignées et atténue le contraste entre la peau du visage et le reste du corps. C'est la lumière idéale pour les portraits car elle est flatteuse pour le sujet, mais laisse pourtant voir les effets de l'âge qui font partie de la personnalité du sujet.

Pour obtenir ce type de lumière, placez votre sujet à l'extérieur par temps couvert, car les nuages filtrent les rayons du soleil, ou faites-le poser à l'ombre, près d'un mur. En intérieur, utilisez la lumière réfléchie d'un flash ou, si vous désirez quelque chose de plus naturel, la lumière indirecte d'une fenêtre. Mais n'oubliez pas que la lumière qui entre par une fenêtre, même si elle est assez douce, a une direction très nette. Vous aurez donc en général besoin d'un panneau réfléchissant pour éclairer le côté du visage qui est dans l'ombre.

Pour les portraits posés d'une personne âgée, vous constaterez qu'en général il vaut mieux photographier de face que de profil ou de trois quarts. Il est également préférable de photographier au niveau du regard ou de plus haut afin d'éviter de donner trop d'importance au menton et aux joues du sujet. Les téléobjectifs moyens (entre 85 et 135 mm) sont très pratiques pour ce type de photo car ils ne déforment ni ne grossissent le nez.

Si vous voulez que la photo soit plus flatteuse, placez une lentille de diffusion ou tout autre matériau produisant le même effet — un voile de nylon, par exemple — devant l'objectif (voir page 72). Cela permet de disperser la lumière qui entre dans l'objectif et, par conséquent, d'atténuer les détails du visage du sujet. Une légère diffusion donne de très bons résultats, surtout pour les portraits posés ou pour donner un air de nostalgie. Mais si la diffusion est trop forte, le portrait perd de son naturel et prend un petit air désuet.

Si, au contraire, vous voulez accentuer l'aspect buriné du visage d'un travailleur des champs ou la peau parcheminée et fanée d'une nonagénaire toute menue, il faut que le sujet soit éclairé latéralement pour que la lumière, en effleurant la peau, en révèle la texture. Mais, même dans ce cas, il ne faut pas que la lumière soit trop violente : vous obtiendriez une photo trop contrastée avec des zones de lumière et d'ombre trop prononcées.

Niki Berg

Les poings sur les hanches et l'air décidé, cette vieille femme énergique regarde tout droit vers l'appareil; on pourrait croire qu'elle veut intimider la personne qui ose la photographier.

▶

Le paysage du tableau n'est pas seulement un élément de composition de ce portrait; il indique aussi les goûts raffinés du sujet.

Les rencontres de générations

Lorsque plusieurs générations sont réunies sur une photo, celle-ci prend la valeur d'un arbre généalogique et en devient plus précieuse pour la famille. La façon la plus simple de montrer les générations successives, c'est de rassembler tous les descendants d'une personne (ou d'un couple) pour un portrait de groupe. Pour ce genre de photo, pensez à placer la génération la plus ancienne au milieu de la rangée de devant, ou dans toute autre position qui en fasse le centre d'intérêt de la photo; placez ensuite la génération suivante vers le centre pour lui donner plus d'importance que celles qui lui succèdent.

Ne disposez pas les personnages par rangées de générations ou de branches de la famille. Essayez au contraire de les placer de façon naturelle et agréable. Si tous les sujets sont rangés côte à côte, on obtient une rangée statique et peu intéressante sur le plan visuel; placez-les plutôt à des niveaux différents ou en fonction de leur taille. Faites attention à ne pas aligner tous les visages. Au besoin, apportez une note de diversité en demandant à l'un des personnages de s'asseoir, à une autre de se pencher sur le bras de son fauteuil tandis qu'un troisième sera debout ou à genoux.

Pour d'autres types de photos de famille, placez les personnages très près les uns des autres pour augmenter la cohésion du groupe. Vous pouvez aussi vous servir d'un élément du décor, l'escalier par exemple (voir la photo de la page de droite), comme encadrement afin de donner une unité visuelle à tout le groupe. S'il s'agit d'un groupe important, vérifiez que chaque visage est bien visible. D'ailleurs, plus le groupe sera important, plus vous devrez prendre de clichés pour être sûr d'en avoir au moins un ou deux où tout le monde est à son avantage. Dans le cas d'un groupe vraiment très important, suivez les conseils adaptés à ce genre de photo (voir pages 170 et 171).

On peut aussi montrer une personne de chaque génération sur la photo, de l'arrière-grand-père, ou l'arrière-grand-mère, au dernier né des arrière-petits-enfants. Cette solution est particulièrement recommandée quand il y a entre les personnes photographiées une forte ressemblance; c'est ce que l'on constate en regardant les deux photos en noir et blanc de cette page. La ressemblance des sujets donne à la photo son unité, unité qui peut par ailleurs être encore renforcée si les sujets sont proches les uns des autres et si la composition est très soignée. Chaque fois que vous photographiez plusieurs générations, vous aurez intérêt à utiliser la lumière douce et diffuse d'un ciel couvert ou à prendre la photo à l'ombre.

Sur les visages disposés en diagonale de ces trois générations d'Italiens, on voit une triple progression : on passe de la lumière à l'ombre, d'une chevelure abondante au chapeau bien couvrant, du plus jeune au plus vieux.

Une photo peut être très déroutante lorsqu'il y a une grande ressemblance entre les différentes générations. Ici, ces quatre Américaines se ressemblent tellement qu'on pourrait se demander s'il ne s'agit pas d'un montage fait à partir de photos de la même personne à diverses époques de sa vie.

▶

Cet escalier est un décor idéal pour cette vieille femme, ses enfants et ses petits-enfants. La scène est située à l'extérieur pour souligner son caractère méridional. Les deux rampes de l'escalier servent d'encadrement et conduisent le regard du spectateur vers les plus jeunes tout en haut de l'escalier.

Les fêtes de famille

Il faut compter les photos prises à l'occasion des fêtes ou réunions qui ponctuent la vie de chaque famille au nombre de celles qui laissent les meilleurs souvenirs. Il peut s'agir aussi bien de réunions fortuites, lors des vacances par exemple, que d'événements exceptionnels, un baptême ou des noces d'or. Qu'elles soient inhabituelles ou fréquentes, ces réunions fournissent toutes des milliers d'occasions d'arrêter un instant le cours de l'histoire d'une famille et de faire un instantané d'une époque donnée.

On fait beaucoup de portraits de groupe en ces occasions. Mettez à profit les différences de taille entre les personnes pour que chaque visage soit bien visible, et, si cela ne suffit pas, cherchez un décor à plusieurs niveaux qui vous permette d'obtenir le même résultat. Afin de donner de l'unité au groupe et d'éviter d'avoir sur la photo des visages trop petits, demandez aux personnages de se rapprocher très près les uns des autres. Pour que la photo présente aussi un intérêt visuel, placez les personnages de telle sorte que les visages ne soient pas alignés mais forment un motif varié. La meilleure condition d'éclairage est une lumière douce et diffuse. S'il s'agit d'une journée ensoleillée, faites poser tout le groupe à l'ombre.

On fait également de bonnes photos à l'occasion de repas de famille; les personnages y sont plus détendus et, de plus, la table crée un sentiment d'unité, tant visuelle que symbolique, indiquant que les convives sont de la même famille. Vous serez parfois obligé de monter sur une chaise pour englober tout le monde dans votre photo. Il vaut mieux prendre les photos avant le repas, car la table est alors bien arrangée. Et vos meilleures photos seront celles que vous prendrez comme à l'improviste, à ces moments où vos sujets s'imagineront que vous êtes encore en train de régler votre appareil.

Pour les groupes, vous aurez besoin d'un grand-angulaire afin que tout le monde figure sur votre photo. Il vous sera plus facile de travailler si votre appareil est fixé sur un pied. Pour des photos plus intimes, vous pouvez aussi utiliser un téléobjectif moyen (de 85 à 135 mm) ou un zoom équivalent, et, en intérieur, n'oubliez pas votre flash.

Le charme de cette photo où l'on voit une famille française, bretonne probablement, réunie pour un baptême vient de certains détails qui, d'ordinaire, sont à éviter : l'enfant de chœur de droite fait la grimace et la petite fille qui est au milieu de la photo se cache derrière sa maman.

Le photographe a pris sa photo avant que tous les convives soient installés, et ce début de repas de famille reste ainsi très naturel.

Le photographe a pris à part les membres de la famille, et il est évident que tous les personnages sont rassemblés pour une photo; et pourtant, seuls quelques-uns d'entre eux se sont aperçus que la photo avait été prise; malgré les préparatifs nécessaires pour mettre tout le monde en place, la photo est restée naturelle et spontanée.

La lumière du soir convenait parfaitement pour cette photo de deux enfants costumés pour Halloween (fête traditionnelle qui a lieu la veille de la Toussaint dans les pays anglo-saxons) : elle était à la fois encore suffisante pour qu'on voit bien les enfants et déjà assez faible pour donner l'impression de la nuit et mettre en valeur les bougies placées à l'intérieur des potirons.

Voici un aspect inattendu de la traditionnelle rencontre sur le trottoir avec le Père Noël.

Brian Hill

Cette photo, prise en coulisses juste avant l'entrée en scène, montre les dernières retouches apportées au costume de ces petites danseuses; ce souvenir plus intime sera aussi évocateur que la représentation elle-même.

Norman Kerr

La lumière chaleureuse des bougies donne une impression d'intimité à ce geste traditionnel (pendant la fête juive d'Hanukkah — la fête des lumières —, on allume les bougies tous les soirs pendant huit jours). Si vous photographiez une scène avec ce genre de lumière, effectuez la lecture de l'exposition sur le visage du sujet et en étant tout près de lui, sans inclure la source lumineuse dans le cadrage de votre photo. Pour travailler sans flash et pour conserver la couleur dorée de la lumière, le photographe a utilisé un Film KODACOLOR VR 1000.

141

Les mariages

Au cours d'un mariage, les occasions de faire des photos ne manquent pas. On peut traduire le côté exultant de ce jour de fête en faisant, comme si l'on était professionnel, tout un reportage, tant pour les photos prises instantanément que pour les portraits posés.

Pour avoir le maximum de chances d'être présent au bon endroit, au bon moment, informez-vous sur le déroulement de la cérémonie. Repérez ensuite les lieux pour pouvoir préparer certaines photos et prévoir le film et le matériel dont vous aurez besoin. Si vous constatez par exemple que l'endroit le plus propice, c'est la tribune de l'église, il vous faudra un téléobjectif pour que les visages ne soient pas trop petits. Il y aura sans doute assez peu de lumière : munissez-vous donc d'un film à haute sensibilité et d'un pied afin de pouvoir choisir une vitesse d'obturation lente, car le flash peut en effet être gênant pendant la cérémonie. De même, il se peut que le plafond des salles de réception soit trop haut pour pouvoir servir de réflecteur; donc, si vous voulez une lumière douce, il vous faudra adapter un diffuseur sur votre flash.

Avant de photographier lors de la cérémonie religieuse, et surtout avec un flash, demandez l'autorisation de l'officiant, et restez dans les limites qu'il vous impose. Il se peut aussi que les mariés, leur famille ou les autorités religieuses souhaitent ne pas être gênés par les prises de vue au flash pendant la cérémonie; dans ce cas, il ne vous restera plus qu'une seule solution : prendre un film à haute sensibilité et un pied.

Pendant un mariage, il n'est personne qui ne soit occupé : on suit le déroulement de la cérémonie religieuse, on congratule les mariés et leurs parents, on retrouve un membre lointain de la famille ou des amis qu'on avait perdus de vue, on mange, on s'amuse. Tout cela vous offre de multiples occasions de photographier et vous permet très souvent de ne pas trop vous faire remarquer. Pendant la soirée de réception, vous pouvez travailler directement avec un téléobjectif moyen; mais un téléobjectif plus puissant peut vous être utile si la réception se déroule en plein air ou dans une très grande salle. On peut aussi se servir d'un zoom, très pratique à cause de sa souplesse d'utilisation; mais vous ne pourrez vous

En règle générale, il vaut mieux éviter le flash direct; mais ici, il a été utile pour figer le mouvement exubérant de la mariée et pour bien la faire se détacher sur le fond composé par les invités.

Même pour cette photo prise sur le vif d'un cortège de mariage, tout se combine pour qu'on remarque tout de suite la mariée.
Le costume sombre de son père et de son mari sert d'encadrement, et la photo prend un attrait supplémentaire du fait que la mariée n'est pas juste au centre.

en servir que si vous travaillez en extérieur ou avec un flash, car il faut tenir compte de l'ouverture maximale plus réduite de ce type d'objectif.

Vous trouverez plus facile l'emploi d'un appareil automatique, car cela vous permettra de travailler rapidement; mais n'oubliez pas que les sources lumineuses intenses, les contre-jours et certaines autres conditions peuvent induire le posemètre en erreur. Nous vous conseillons d'utiliser un film négatif couleur qui a une plus grande latitude de pose que le film pour diapositives; d'autre part, si vous prenez des photos avec plusieurs types de lumière artificielle, le mauvais équilibre des couleurs pourra plus facilement être corrigé au moment du tirage.

Si la famille a engagé un photographe professionnel, prévenez-le et arrangez-vous pour ne pas vous gêner l'un l'autre. De préférence, essayez de prendre vos photos une fois qu'il a terminé les siennes.

Ce portrait décontracté des mariés, pris à la lumière d'une fenêtre, montre bien qu'il ne s'agit pas d'une cérémonie guindée.

143

Les portraits de mariage

Tout mariage symbolise la naissance d'une nouvelle branche de la famille; c'est pourquoi c'est une occasion rêvée de faire des portraits de tous ceux qui sont concernés, depuis les parents des mariés aux plus jeunes de la famille. Mais ce sont bien évidemment les mariés, et plus particulièrement la mariée, qui sont les héros du jour. Certains photographes préfèrent réaliser le portrait officiel de la mariée juste avant la cérémonie — ce qui est plus pratique, mais le temps est limité — ou juste après — mais en ce cas, il faut avoir tout prévu, car l'emploi du temps des mariés est très chargé ce jour-là.

Dans tous les cas, il vous faudra faire appel à une deuxième personne pour réaliser le portrait officiel d'une mariée. Vous aurez en effet besoin d'une aide — la mère de la mariée ou une amie — pour que l'on arrange un pli de la robe ou remettre en place une mèche rebelle. Si vous faites la photo pendant que la mariée essaye sa robe, vérifiez bien qu'on ne voit ni épingle ni point de bâti. Et souvenez-vous aussi que la robe blanche va fausser les indications du posemètre, à plus forte raison si la mariée pose devant un fond clair. Aussi souvent que possible, effectuez la lecture du posemètre sur la charte de gris à 18 % ou, de près, sur le visage de la mariée. La photo sera parfois plus intéressante si vous faites la prise de vue en extérieur, mais vous devez alors faire très attention à ce que la robe de la mariée ne soit pas salie ou déchirée.

Si vous photographiez la mariée quelque temps avant la cérémonie, profitez-en pour le faire avec sa mère ou avec sa mère et son père réunis; les autres invités seront photographiés au cours de la journée. Le meilleur moment pour photographier tout le monde, c'est aussitôt après la cérémonie. Les professionnels prennent aussi des photos de la famille ou des amis avec les mariés. Il est plus facile de commencer par photographier des groupes importants et d'en réduire petit à petit la taille pour terminer par les seuls mariés.

La photo des quatre enfants du cortège (voir ci-contre) montre que quelques marches sont souvent les bienvenues pour placer les personnages à des niveaux différents. Quand vous photographiez des groupes, placez les personnages les uns près des autres pour donner une unité visuelle à votre photo.

Neil Montanus

Le photographe a tiré parti de la différence de taille entre les enfants et de la présence des marches pour obtenir ce joli groupe dans lequel les visages sont répartis selon un losange.

William Ziegler

Le photographe était aux aguets, son appareil était réglé à l'avance; cela lui a permis de saisir au vol le bonheur de la mère et de la fille.

Sam Campanaro

Pour ce portrait officiel, le photographe a fait adopter une pose classique à la mariée : elle est de profil, mais son visage est de trois quarts. Le fond est clair, la lumière douce et uniforme; une lentille qui crée une certaine diffusion dans le bas de la photo permet de donner à la photo une atmosphère plus romantique.

145

David Smith

David Smith, spécialiste des photos de mariage, doit sa carrière au hasard. Il avait fait quelques photos quand il était jeune, puis s'était arrêté. Mais un jour, au mariage d'un de ses amis, l'appareil du photographe officiel tomba en panne, et David lui prêta le sien. Il suivit le photographe toute la journée, s'intéressa à son travail, et ce fut le début de sa carrière de portraitiste et de photographe de mariages.

Pour David Smith, une photo de mariage est un vrai portrait. « L'essentiel, c'est la personnalité », affirme-t-il. « Tous les couples sont différents; il faut donc les traiter différemment pour que chaque photo soit adaptée à leur personnalité. » Smith pense que les meilleures photos sont celles où le photographe a su rendre visible l'amour du couple photographié. « Un photographe professionnel », dit-il, « doit ressentir intensément l'émotion qu'il veut faire apparaître sur sa photo; il ne doit pas se contenter d'aimer son travail, il faut aussi qu'il aime ses personnages. »

Smith n'aime guère les poses traditionnelles qui lui semblent souvent trop apprêtées. La photo de la page ci-contre est un bon exemple de son style créatif. « Elle est simple et naturelle », dit-il en parlant de cette photo. « L'éclairage est tout en délicatesse. » Smith a pris cette photo dans un espace assez restreint, mais a choisi son angle de prise de vue de façon à donner une impression d'espace. Il a profité de la lumière basse de la fin de l'après-midi pour faire un léger effet de contre-jour, ce qui donne une lumière douce et romantique.

David Smith estime qu'il est indispensable d'avoir une excellente technique et de savoir combiner les lumières naturelles et artificielles pour réussir les photos de mariage. Mais il insiste aussi sur la nécessité des préparatifs : il arrive en général une heure et demie avant le début de la cérémonie. Et il a *toujours* un appareil de rechange avec lui !

Jason Smith

Les portraits très élaborés

Un bon portrait ne se contente pas de montrer à quoi ressemble le sujet. Il doit aussi laisser entrevoir sa personnalité. Pour y parvenir, il faut avant tout observer attentivement et objectivement le sujet, et ne déclencher que lorsque tous les éléments (position du corps, de la tête, mouvement des lèvres, regard) concordent pour dévoiler son caractère.

L'atout principal pour préparer un portrait, c'est la pose que l'on fait prendre au sujet. La position du visage est très importante. Les portraits de face paraissent souvent figés et statiques d'un point de vue visuel. Ils grossissent encore davantage les gros nez, et, si le visage n'est pas parfaitement symétrique, ils mettent ce défaut en évidence. Toutefois, ils permettent d'arrondir un visage trop long et de raccourcir un nez. Le regard du sujet croise directement celui du spectateur. De plus, il y a aussi des cas où le portrait de face est ce qui convient le mieux au sujet (voir la photo de la petite fille sur la page de droite).

Les portraits de profil soulignent le tracé du menton, du nez et du front, ce qui est peu flatteur pour les sujets dont les traits ne sont pas parfaitement réguliers. En outre, ils provoquent une certaine distanciation, un certain détachement, car le sujet ne regarde pas le spectateur. C'est pourtant une excellente façon de faire passer une note plus dramatique dans un portrait.

C'est le portrait de trois quarts qui est le plus agréable à l'œil. Comme le visage est divisé en deux parties d'importance inégale, la photo est moins stricte et plus dynamique. Le sujet a l'air plus naturel et, de plus, cet angle est presque toujours flatteur pour lui. L'inclinaison de la tête vers le haut ou vers le bas est, elle aussi, très importante. Si la tête est légèrement baissée, les yeux prennent plus d'importance, alors que la mâchoire et les narines sont adoucies; si, au contraire, la tête est légèrement relevée, le sujet a l'air plus actif.

Si l'on voit les mains du sujet sur la photo, il faut étudier soigneusement leur position pour qu'elles n'aient pas l'air gauches et qu'on ne les voie pas trop. Les mains peuvent toucher le visage, faire un geste ou reposer sur les genoux; mais, de toute façon, il faut qu'elles paraissent naturelles et gracieuses tant pour le photographe que pour le sujet. Les mains du sujet peuvent servir d'encadrement et donc mettre en valeur son visage; elles peuvent aussi aider à équilibrer la composition. Si elles sont un élément important de la photo, il vaut mieux les voir de côté, les doigts souplement allongés. Mais, on peut noter, en regardant la photo du cow-boy ci-contre, qu'il ne s'agit pas là d'une règle absolue.

William Coupon

La présence inattendue de la main permet d'équilibrer ce portrait; ajoutée à l'aspect négligé du cow-boy, elle contraste avec cette composition par ailleurs classique.

Sur une photo, tout le corps doit paraître souple et naturel. Mais ne pas oublier qu'un sujet paraît plus à l'aise s'il se penche en avant, plus réservé et plus distant s'il se penche en arrière. On a souvent intérêt à ne pas placer les épaules du sujet de face : cela permet de faire une photo plus vivante et moins symétrique. En règle générale, il faut cadrer de façon que l'élément principal de la photo — le plus souvent il s'agit du visage — attire l'œil; pour cela, ne le mettez donc pas juste au centre de la photo.

Pour le portrait de cette jeune Soviétique, le célèbre photographe Pete Turner avait de bonnes raisons de ne pas respecter la règle qui veut qu'on ne fasse pas poser un sujet de façon symétrique et statique. C'est précisément parce que cette photo est si parfaitement symétrique qu'elle est réussie. Et la tache faite par l'insigne d'un mouvement de jeunesse, que la fillette est fière d'arborer, n'en ressort que plus encore.

Les portraits très élaborés

Outre la pose et le cadrage, d'autres facteurs entrent en jeu dans la réussite d'un bon portrait. L'éclairage est particulièrement important. En effet, comme la pose choisie pour le sujet, il permet d'en accentuer ou d'en adoucir certaines caractéristiques. De plus, il permet de modifier les formes. Selon le résultat que vous voulez obtenir, l'éclairage peut être simple ou complexe (voir pages 88 et 103); mais la qualité et la direction de la lumière resteront toujours le facteur essentiel.

La lumière douce et diffuse d'un ciel couvert éclaire régulièrement le sujet. Bien sûr, vous n'êtes pas libre d'accentuer telle ou telle partie du visage, mais la douceur de la lumière cache partiellement les rides et autres imperfections des traits.

Vous obtiendrez une lumière plus orientée, mais tout aussi douce, en plaçant votre sujet près d'une fenêtre exposée au nord ou en utilisant un flash et un parapluie réflecteur. Quand vous utilisez un panneau réfléchissant à l'opposé de la source lumineuse principale pour éclaircir les ombres qu'elle a créées, l'éclairage reste doux et flatteur et modèle délicatement le visage du sujet. Ce type d'éclairage donne d'excellents résultats avec les films couleur qui supportent moins les éclairages contrastés. Sur une photo en couleurs, les parties trop peu éclairées disparaissent complètement et la photo ne paraît plus naturelle. On obtiendra des ombres douces et détaillées avec un éclairage plus doux et diffus. Vous pouvez enfin fignoler l'éclairage en ajoutant des projecteurs pour éclairer le fond, la chevelure de par derrière ou cerner le sujet d'une frange de lumière.

La lumière directe, du soleil ou du flash, produit un effet plus contrasté, aux contours marqués. Il vous est alors facile d'éclairer les parties que vous souhaitez accentuer ou de laisser dans l'ombre celles que vous souhaitez atténuer. Mais avec une lumière dure et directe, vous devez faire encore plus attention à la position de votre sujet par rapport à la lumière, aux panneaux réfléchissants et aux éclairages d'appoint que vous utiliserez pour diminuer les ombres.

Quand vous mettez en place votre éclairage principal, n'oubliez pas qu'un éclairage de face aplatit et arrondit le visage et qu'un éclairage oblique fait naître des ombres, ce qui souligne les traits et le dessin du visage tout en l'allongeant. Plus l'éclairage sera perpendiculaire à votre position par rapport au sujet, plus la texture de la peau sera visible et plus les rides deviendront apparentes. Veillez tout particulièrement à ce que les ombres qui se forment sous les arcades sourcilières, sous le nez et sous le menton restent naturelles. Quand vous installez un panneau réfléchissant ou un éclairage d'ambiance afin d'atténuer les ombres, faites plusieurs essais pour doser convenablement ombre et lumière. Et souvenez-vous que le contraste est toujours plus fort sur le film qu'il ne le semble à l'oeil. Ce type d'éclairage convient parfaitement aux portraits avec les cheveux éclairés par derrière.

Pour les portraits en buste, on photographie le plus souvent au niveau des yeux du sujet. Mais il vous arrivera de vous placer plus haut pour supprimer un double menton, ou plus bas pour masquer une calvitie. Dans l'ensemble, les photographes fixent leur appareil sur un pied pour faire des portraits. Bien sûr, cela limite un peu la mobilité du photographe, mais cela lui permet d'être à côté de l'appareil pour parler au sujet tout en prenant des photos grâce à un déclencheur souple.

Pour les portraits, il est recommandé d'utiliser des fonds simples et peu chargés. Un mur uni, un rideau, un drap de lit suspendu donnent d'aussi bons résultats que le papier en grande largeur vendu dans les boutiques spécialisées. Il est préférable de ne pas choisir de couleurs vives car elles détournent l'attention du sujet. A moins de vouloir faire un effet de dominante foncée (« low key ») ou de dominante claire (« high key »), évitez le noir et le blanc. Pour que le fond ne soit pas trop uni, certains photographes en éclairent une partie seulement. Parfois, ils placent un projecteur juste derrière le sujet pour créer un halo de lumière tout autour de lui. On peut aussi n'éclairer du fond que la partie opposée au côté bien éclairé du visage afin d'équilibrer l'effet global de la photo. En outre, il vaut mieux que le siège de votre sujet reste très discret : un simple tabouret est nettement préférable à une chaise à dossier.

Le téléobjectif moyen (de 75 à 135 mm) restitue les traits sans les déformer; il est donc tout à fait adapté aux portraits posés. Et, puisque vous vous donnez beaucoup de mal pour la préparation de votre portrait, n'utilisez pas un film trop sensible (ISO 125/22° ou moins) : le grain sera plus fin, et vous aurez une photo plus nette avec de bons dégradés.

▶

Jean-Paul Debattice a fait un cadrage serré pour mettre en évidence le teint de cet enfant, ses taches de rousseur et la couleur de ses cheveux. Les enfants ont en général une peau beaucoup plus fine que les adultes; c'est pourquoi ils supportent beaucoup mieux les gros plans.

Jean-Paul Debattice

*Les couleurs inattendues,
rouge du gilet et rose de la
chemise, donnent de la
chaleur au sujet.
Le photographe belge
Jean-Paul Debattice a mis
ces coloris en valeur en
faisant poser devant un
fond noir son sujet qui se
penche en avant en
souriant, ce qui lui donne
un air amical et
accueillant.*

Evelyn Hofer

L'expression préoccupée
du sujet et la position sur
la défensive de ses mains
semblent indiquer que le
photographe Bill Brandt
n'était pas aussi à l'aise
devant un objectif qu'il
l'est quand il se trouve
derrière. Le visage de trois
quarts et la position du
fauteuil donnent un air
naturel à la photo; le siège
sert aussi d'encadrement.

Marc Hauser

Gros plan sur Marc Hauser

Marc Hauser a réussi une carrière de portraitiste en prenant des photos qui respirent le vrai et sont en prise avec la réalité.

« La plupart du temps, » explique-t-il, « quand un sujet s'installe devant l'appareil, il prend pour le photographe l'expression correspondant à l'image qu'il veut donner de lui. Mais ce qui m'intéresse, c'est l'expression vraie et naturelle. »

Hauser s'intéressa à la photo depuis son adolescence. Quand il était encore lycéen à Chicago, il photographiait avec passion tous ses amis, toutes ses relations, tout simplement parce qu'il aimait prendre des photos. Il est aujourd'hui devenu professionnel mais n'a rien perdu de son enthousiasme. « J'aime travailler », déclare-t-il. « Si je le pouvais, je travaillerais vingt-quatre heures sur vingt-quatre. »

Les sujets qui entrent dans son studio peuvent s'attendre à un véritable numéro de cirque. Ils se trouvent dans une pièce pleine de jouets, avec un photographe qui bondit ça et là, pousse des cris et les agrippe au passage. « Quand ils entrent ici, » dit-il, « je les traite comme s'ils étaient la personne la plus importante du monde. Ils sont chez moi. » Mais il ne se livre pas à ce genre d'exhibition sans raison. C'est simplement sa façon à lui de mettre à nu la personnalité du sujet pour la découvrir plus profondément.

Cette photo ci-contre du compositeur Aaron Copland reflète bien sa personnalité. « Même sans le connaître, » dit Hauser, « on devine que ce n'est pas n'importe qui. »

Hauser raconte qu'il est entré dans la chambre d'hôtel de Copland; celui-ci était assis sur un canapé; juste au nord il y avait une fenêtre qui laissait entrer une lumière uniforme. Hauser en oublia complètement ses projecteurs et son studio, il installa son pied, y fixa son appareil et se mit au travail tout en parlant musique classique et rock avec son sujet. Au fur et à mesure de cet entretien, Copland était de plus en plus détendu et Hauser l'observait attentivement. Quand il y eut dans le regard cette étincelle typique de la personnalité de Copland, Hauser saisit l'occasion.

Que faut-il pour être un bon portraitiste ? Marc Hauser pense « qu'avant tout, il faut aimer les gens ». Il se donne à fond à son travail, parce qu'il veut montrer à quoi ressemblent ses sujets, mais aussi parce qu'il veut saisir le moment où ils s'abandonnent. « C'est ce que je cherche » résume-t-il. « Et quand ça arrive, je ne m'y trompe pas. »

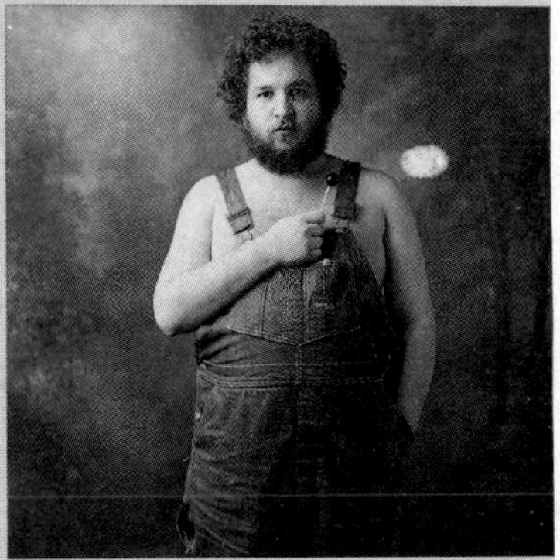

Le portrait et ses accessoires

Un portrait peut expliquer un personnage. On peut savoir, à la façon dont il s'habille, d'où il vient et quel genre de vie il mène. Les photographes font souvent figurer sur leurs photos un accessoire qui révèle le goût ou le talent particulier d'un sujet. Sur les trois photos de ces deux pages, nous comprenons dès le premier coup d'œil que la musique tient une place importante dans la vie de ces trois sujets.

On aurait pu utiliser d'autres accessoires : un chevalet et une palette, des ouvrages de droit rangés sur une étagère, un métier à tisser ou simplement un ballon de football. On devine le jardinier amateur à la binette et à la fleur qu'il va planter; celui qui possède un perroquet peut vouloir se faire photographier avec lui. Les costumes et les uniformes permettent aussi de deviner ce qui intéresse le sujet. On peut obtenir des photos déroutantes en le photographiant à côté de son propre portrait. Le but de ces photos est de nous en apprendre plus sur la vie du sujet et elles sont plus révélatrices des manies et gestes que les portraits bien sages.

Les accessoires présentent en outre un avantage supplémentaire. Le sujet est souvent plus à l'aise quand il tient un objet familier. Il n'a plus à se demander comment placer ses mains. Mais il est important que l'accessoire soit vraiment adapté au sujet. Si vous mettez un objet, même s'il s'agit d'un bel objet, dans les mains d'un sujet, votre photo sera peut-être intéressante; mais ce ne sera pas un vrai portrait si l'objet ne correspond pas à ses occupations ou à ses goûts. Que vous connaissiez votre sujet ou non, vous devez prendre le temps de chercher à savoir ce qui l'intéresse, pour mieux le comprendre et mieux le photographier.

Pour ce genre de portrait, la photo doit rester la plus simple possible. Les meilleures photos sont celles qui disent sans fioritures ce qu'elles ont à dire. Ne mettez pas sur la même photo deux accessoires qui n'ont entre eux aucun point commun : votre but, c'est de faire sentir une seule idée sur le sujet, une idée que l'observateur puisse capter sur le champ. Si l'accessoire est alambiqué ou encombrant, débrouillez-vous pour le rendre moins apparent. Cadrez de façon qu'on n'en voie qu'une partie : c'est ce qui a été fait pour la jeune femme au piano et l'homme à la cornemuse. Pour bien mettre en valeur le sujet et l'accessoire, le fond doit être simple.

William Coupon

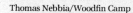

Thomas Nebbia/Woodfin Camp

Pour cette photo irréelle d'un joueur de saxophone, le photographe a mis en valeur l'instrument de musique par un trucage à la prise de vue. L'image du musicien a été obtenue avec un flash; mais l'appareil était réglé sur pose : l'obturateur est donc resté ouvert, et les traînées lumineuses laissées par les mouvements de l'instrument en évoquent le rythme.

Un Écossais pose fièrement avec sa cornemuse; la diagonale de l'instrument et le bras de l'homme dirigent irrésistiblement notre regard vers son visage.

John Phelps

Grâce au clavier du piano et à la partition qu'elle tient sur ses genoux, on sait tout de suite que cette jeune femme aime la musique. Le cadrage serré ne montre pas le piano dans son entier, ce qui donne de la simplicité au portrait tout en resserrant l'image sur le sujet. L'éclairage très latéral attire l'attention sur la caractéristique essentielle du personnage : son opulente chevelure crêpée.

Evelyn Hofer

Pour faire du portrait du célèbre artiste Saul Steinberg une photo qui montre aussi le passage du temps, Evelyn Hofer a inserré une photo du sujet quand il était enfant, tirée en format grandeur nature et fixée sur un support; ainsi le vieil homme peut-il donner la main au petit garçon qu'il était. On dirait le père et le fils, mais la porte ouverte et la pièce nue suggèrent un voyage vers le passé.

La pendule, la vieille photo et la peinture baignant dans une lumière douce contribuent à donner le sentiment du temps qui a passé. Et pourtant, la jeune femme pose devant son propre portrait, elle est habillée de la même façon, et son attitude est quasiment identique.

Ici, le temps qui s'écoule a été rendu sensible par la présence de la photo ancienne qui semble représenter la jeunesse de ce couple âgé, et la maison, guère neuve non plus, ne peut arrêter son cours.

Portraits sur le vif

Il ne suffit pas d'avoir un local bien équipé pour faire un bon portrait. Un photographe qui a l'œil peut réussir un portrait pratiquement n'importe où : les conditions techniques seront moins bonnes, mais il y aura dans la photo une spontanéité accrue car le sujet sera plus décontracté que quand il est entouré de matériel d'éclairage et d'accessoires. Le photographe est par ailleurs plus disponible pour guetter les expressions fugitives, dès lors qu'il ne doit plus s'occuper du réglage de l'éclairage et de la pose du sujet.

Faites très attention à tirer le meilleur parti possible de la lumière ambiante. Si vous pouvez effectuer votre prise de vue par un temps couvert ou à l'ombre d'un bâtiment, votre sujet sera éclairé uniformément par une lumière douce et diffuse. Même si la lumière est directionnelle, vous pourrez avoir un éclairage doux si elle entre par une fenêtre exposée au nord ou se diffuse à travers un voilage. Ce type d'éclairage est moins susceptible de produire de hautes lumières, dures et délavées. Essayez de trouver des fonds : un mur de couleur claire, une étendue de sable blanc ou un trottoir; ce sont de très bons panneaux réfléchissants naturels qui vous permettent d'éclairer les zones du visage qui sont dans l'ombre. Et même si vous devez vous en passer, vous pouvez obtenir des portraits plus spectaculaires avec une lumière forte et orientée. Comme éclairage, vous pouvez aussi utiliser un flash que vous dirigez sur le plafond ou sur un mur, ce qui vous permet d'atténuer les ombres.

Ne pensez pas trop à votre matériel. Vous perdriez les avantages du portrait pris sur le vif si votre sujet devait attendre patiemment que vous ayez correctement réglé votre flash. Si la lumière est plutôt faible, il est conseillé d'utiliser un film à haute sensibilité (ISO 400/27° ou plus), ou le faire pousser au développement (voir pages 66-69).

Lorsque vous faites un portrait sur le vif, il faut essayer d'éliminer les détails superflus de l'arrière-plan. Vous devez trouver des endroits ou des angles tels qu'il sera simple et uni. C'est le cas des murs, du ciel et des ombres, qui apparaissent souvent en noir sur la photo. Une autre technique consiste à rendre flous les détails de l'arrière-plan en utilisant une grande ouverture de diaphragme (voir la photo du Népalais, page de droite). Mais, quelle que soit la solution choisie, rapprochez-vous pour faire un cadrage serré : cela vous permet de supprimer une grande partie du fond. Le meilleur objectif est un téléobjectif moyen (de 75 à 135 mm) car il restitue les traits des visages sans les déformer; de plus, la profondeur de champ est assez réduite, ce qui permet aisément de rendre flou l'arrière-plan.

Fiona Entwistle

Nancy Edwards

En haut : la lumière est douce et uniforme, le fond sombre; la jeune femme a trouvé un appui pour son bras; toutes ces conditions ont permis de faire un portrait tout à fait comparable à ce qui aurait pu être réalisé en studio.

En bas : faire un portrait ne signifie pas forcément prendre le seul visage en gros plan.
Cette photo, qui montre bien l'innocente curiosité de cet enfant, prouve qu'il est possible de traduire les préoccupations de quelqu'un sans en montrer le visage.

Stuart Cohen

Anestis Diakopoulos/Stock, Boston

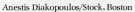

Pour ce portrait réussi d'un Népalais, la profondeur de champ limitée obtenue avec une grande ouverture et un téléobjectif a permis de rendre flou un arrière-plan trop complexe qui aurait attiré notre regard. Le gros plan nous révèle le caractère chaleureux de cet homme souriant, au visage buriné par le soleil, qui jette de côté un coup d'œil plein de malice.

En général, les photographes évitent de faire un portrait lorsque le visage n'est éclairé que d'un seul côté. Mais ici, tandis que la lumière latérale met en valeur la texture ridée de la peau du sujet, l'ombre envahit le reste du visage d'une façon spectaculaire.

161

Le portrait : les personnages en ambiance

Lorsque le décor que vous choisissez pour un portrait est celui dans lequel le personnage vit, travaille, étudie ou joue, la photo prend une dimension supplémentaire. Le décor nous permet de mieux connaître le personnage et nous portons encore plus d'intérêt à sa vie. Vous serez plus sensible à ce phénomène quand vous vous déplacez et que vous tombez par hasard sur des personnages placés dans des décors colorés et inhabituels pour vous. Sur la photo des jeunes Asiatiques de la page de droite, on est immédiatement frappé par la façade peu banale de la boutique qui nous explique le style de vie de ces jeunes gens. Si vous savez regarder, vous vous apercevrez que l'on trouve des décors révélateurs partout. Le tableau noir d'une salle de classe est un décor particulièrement bien adapté à ces deux lycéennes photographiées ci-contre.

On constate souvent que des personnages qui, photographiés devant un fond neutre, seraient très ordinaires, nous intéressent beaucoup plus quand ils le sont dans un environnement qui leur correspond. Par exemple, on photographiera une femme âgée dans son salon si celui-ci nous permet de connaître ses goûts en matière d'ameublement et de voir les souvenirs de famille qu'elle a accumulés tout au long de sa vie.

Il y a un avantage supplémentaire à photographier les gens chez eux ou sur leur lieu de travail : ils se sentent plus à l'aise dans un décor familier, et vous obtiendrez par conséquent des poses plus naturelles et plus décontractées. Mais, pour qu'un décor contribue à la réussite d'un portrait, il faut qu'il s'intègre visuellement à l'image finale. Choisissez donc des décors qui ajoutent quelque chose à votre sujet et vous permettent de mieux le connaître et de mieux le mettre en valeur. Si vous avez un arrière-plan de couleur opposée, votre sujet se détachera mieux sur le fond : les éléments qui peuvent servir d'encadrement au sujet, une porte ou une fenêtre par exemple, permettent d'aboutir à un résultat analogue.

Lorsque vous avez trouvé le décor qui vous satisfait, il faut l'étudier sous plusieurs aspects : l'angle de prise de vue, sa hauteur et l'éclairage. Si vous voulez que les papiers qui se trouvent sur le bureau de votre personnage prennent plus d'importance, mettez-vous légèrement en plongée. Cadrez soigneusement en éliminant les détails superflus. Tout ce qui figure sur la photo doit contribuer à l'effet global que vous désirez obtenir. En général, les intérieurs sont trop encombrés pour faire des arrière-plans convenables. N'hésitez pas à demander à votre sujet l'autorisation d'enlever un cendrier ou un vase, ou encore de déplacer une chaise. Inversement, il y aura peut-être des objets que vous souhaiterez ajouter pour compléter le cadre de vie de votre sujet.

Linda Benedict-Jones

Vous pouvez aussi disposer l'éclairage latéralement de façon que votre sujet ressorte sur un fond plus sombre et moins coloré (voir les photos de la fermière et du viticulteur de la page 165). Si vous souhaitez réduire la lumière diffuse — celle d'une fenêtre ou d'un flash dirigé sur un parapluie réflecteur — qui éclaire l'arrière-plan, il vous suffit d'interposer un écran diffusant. Vous pouvez aussi utiliser un panneau réfléchissant pour adoucir les ombres du sujet. Ce qui est primordial pour ce type de photo, c'est que l'éclairage paraisse naturel pour le décor choisi. Vous aurez parfois besoin d'un grand-angulaire pour pouvoir photographier toute la scène. Mais, attention, si vous l'inclinez vers le haut ou vers le bas, la scène sera déformée; veillez donc à ce que votre appareil reste bien horizontal. Ne cadrez pas en plaçant le visage du sujet près des bords de la photo et ne le laissez pas avancer la main ou le pied vers vous.

Lorsque, pour un portrait, le sujet est placé dans son cadre naturel, son visage n'occupe qu'une toute petite partie de la photo; chaque fois que l'éclairage vous le permet, utilisez un film peu sensible pour avoir un grain plus fin.

Cette alternance d'opérations arithmétiques et de graffiti qui se disputent le tableau noir devant lequel deux adolescentes posent négligemment, illustre bien les comportements divergents de nombreux lycéens. Le quadrillage strict dessiné à la craie sur le tableau contraste avec leur tenue décontractée et attire l'attention sur elles.

Stuart Cohen

La façade bariolée et
volontairement rétro de
cette boutique traduit le
sentiment des personnages
qui aiment revivre la
grande époque du
Rock'n Roll.

Pour ce portrait pris sur le vif, la fenêtre sert d'encadrement et attire notre attention sur cette scène pleine d'humour prise par Henri Cartier-Bresson.
Le coiffeur et la figurine de sa vitrine ont presque l'air de jumeaux; de plus, la figurine jette un regard plein de soupçon sur le coiffeur qui essaie de cacher sa calvitie.

Neal Slavin

Cary Wolinsky/Stock, Boston

Neal Slavin a tiré profit de l'éclairage de côté pour ce portrait; les tonneaux nous disent qu'on a affaire à un viticulteur.
Mais l'opérateur a eu aussi une idée malicieuse en suggérant dans cette photo que le fond rond des barriques est à l'image des rotondités du sujet !

Si le fond avait été uni, cette femme aurait pu avoir un air farouchement buté. Mais, photographiée chez elle, elle paraît plus douce. Les fleurs du papier peint et de son tablier, les fleurs en pot et les assiettes au mur laissent deviner chez elle une certaine forme de sensibilité et de délicatesse.

165

William Albert Allard

Sam Abell

« La photographie est une façon pour les gens de mieux se connaître entre eux », déclare William Albert Allard, photographe dont la sensibilité est connue aux États-Unis. Pendant les vingt dernières années, il s'est attaché à présenter en photo des cow-boys, des gens du cirque et quelques autres professions en voie de disparition. Presque toutes ses photos montrent un ou deux personnages, chez eux ou sur leur lieu de travail. Il ne se contente pas de nous montrer seulement des visages ou des décors, ses portraits replacent le personnage dans son cadre naturel et nous font découvrir la vie de l'homme qu'ils représentent.

La photo ci-contre est celle de Tom Robertson (il habite à Wisdom, dans le Montana, aux États-Unis). Allard lui a rendu plusieurs visites alors qu'il travaillait sur un documentaire pour un magazine. Le photographe décrit ainsi son sujet : « C'est un homme de quatre-vingts ans qui a eu une vie bien remplie. Sur cette photo, le cadre (un essuie-main qui a déjà servi, une glace et une cuvette en émail) nous en dit au moins autant sur Tom que la photo tout entière. C'est un solitaire qui n'a jamais eu personne pour s'occuper de lui, même pas pour ses vieux jours. »

William Albert Allard a vécu au Minnesota dans son enfance. Puis il a voulu faire des études pour être écrivain; il a alors tenté de juxtaposer les mots et les photos pour créer quelque chose de plus puissant. Il a suivi des cours de photographie à l'université du Minnesota; ceux-ci comprenaient un enseignement artistique et des cours de journalisme, et l'on retrouve encore aujourd'hui ces deux tendances dans ses photos.

« Mon but a toujours été », dit Allard, « de faire des photos qui pourraient illustrer le reportage d'un magazine, mais qui pourraient également se suffire à elles-mêmes si elles étaient exposées dans une galerie ou dans un musée. » C'est ce qu'il a parfaitement réussi, d'abord comme photographe permanent, puis comme photographe indépendant, au National Geographic, et dans son livre *Une race en voie de disparition : photographies de cow-boys et de l'Ouest.*

Allard préfère travailler spontanément et photographier gens et endroits au gré de ses rencontres. Il croit que la qualité première, c'est d'être disponible : il est persuadé qu'il sera toujours prêt lorsqu'il se trouvera face à une scène à photographier.

« Trop souvent, une photo est une chose éphémère qui ne tarde pas à changer », affirme-t-il. « Une fois que c'est fini, c'est trop tard. Il faut emmagasiner quand ça se présente. »

Les hommes au travail

Les portraits qui retiennent le plus notre attention sont souvent ceux qui révèlent la profession du sujet. Ils répondent d'avance à la question que nous nous posons en regardant tel ou tel personnage : quel métier fait-il ? Chaque profession ou presque peut être symbolisée par l'outil, le local ou la tenue de travail qui lui sont propres.

Ceux qui travaillent de leurs mains se trouvent souvent dans un endroit particulier et leurs gestes sont plus pittoresques. Par exemple, sur la photo ci-contre de l'homme qui tient une bouteille d'air comprimé, on trouve à la fois une quantité de formes inhabituelles et un impact visuel bien supérieur à ce que l'on pourrait trouver dans un bureau normal. Cela ne veut pas dire que l'on ne peut pas faire de bons portraits dans un bureau, mais ils seront plus classiques.

Il est aussi plus facile de photographier les gens qui travaillent en plein air. A part les jours de trop grand soleil, vous rencontrerez peu de contraintes pour votre photo, ce qui vous laissera tout loisir pour choisir l'objectif et l'angle de prise de vue les mieux adaptés.

En intérieur, par contre, vous rencontrerez presque inévitablement un problème d'éclairage. Dans l'industrie, les ateliers sont souvent trop peu éclairés ou éclairés de façon peu uniforme, ce qui vous met dans l'obligation d'utiliser un pied, un film à haute sensibilité et, éventuellement, un panneau réfléchissant. Dans les magasins et les bureaux, la source lumineuse est souvent fluorescente, ce qui donne une teinte verdâtre aux sujets et vous contraint à utiliser un filtre rouge clair si vous avez un film équilibré pour l'extérieur. Si la lumière artificielle se mêle à la lumière naturelle d'une fenêtre, il est préférable d'éteindre la lumière; on fait alors la photo avec la lumière naturelle et le flash qui donne une couleur analogue à celle du jour. Le flash sert d'éclairage d'appoint si le sujet est près de la fenêtre et d'éclairage principal s'il en est éloigné.

Vous ressentirez souvent le besoin d'utiliser un grand-angulaire pour pouvoir photographier le sujet dans son cadre naturel. Mais si vous vous trouvez dans un endroit qui peut être dangereux, comme dans un chantier, vous préférerez sans doute prendre une longue focale. Vous pouvez ainsi rester à l'écart; de plus, l'effet de perspective est modifié et cela peut vous aider à rapprocher votre sujet d'un objet de l'arrière-plan qui complète la photo. Pour ce type d'endroits, n'oubliez pas qu'il faut presque toujours une autorisation pour photographier.

Lorsque le célèbre photographe Ernst Haas a fait ce portrait d'une marchande des quatre-saisons, il a réussi à ajouter une touche de couleurs vives à un ensemble par ailleurs un peu terne, en prenant suffisamment de recul pour pouvoir photographier les gros radis; ce qui rééquilibre l'attrait visuel de la camionnette rouge de l'arrière-plan.

Ernst Haas

Mark Lyon

Sur cette photo simple et presque officielle, cet ouvrier se présente très dignement. La bouteille inclinée conduit le regard vers son visage, encadré par les deux taches blanches — du casque et du haut de la bouteille.

Pour le portrait de ce facteur gallois, Dennis Stock a utilisé un téléobjectif; cela a rapproché les maisons les unes des autres. La neige sur les murets de la rue en pente et sur les maisons, et les vêtements chauds du facteur dénotent que son travail n'est pas facile tandis que son sourire montre qu'il le fait dans la bonne humeur.

Les groupes importants

C'est à sa façon de photographier les groupes importants que l'on reconnaît le photographe chevronné, spécialiste de ce genre de photo. Lorsque l'on fait poser un groupe important, la difficulté principale réside dans le placement des personnages qui doivent former une composition agréable à regarder; il faut en même temps vérifier que chacun d'eux reste bien visible. Si le groupe n'est pas trop grand, on peut disposer les personnages du premier rang à genoux, alors que ceux du deuxième rang seront assis et ceux du troisième debout. Pour éviter de faire une photo d'école ou d'équipe de football, ne mettez pas le même nombre de personnages dans chaque rangée, ni des gens de la même taille côte à côte : cela vous évitera d'avoir des rangées de têtes trop bien alignées. Fréquemment on fait un peu avancer les personnages situés en bout de rangée.

Si le groupe est vraiment très important, on parvient parfois à avoir deux et même trois rangées de personnages debout : il faut pour cela jouer sur leur différence de taille et placer les plus grands derrière, en les décalant par rapport à ceux de devant. On peut encore ajouter une rangée supplémentaire en faisant monter les personnes du dernier rang sur un banc placé derrière tout le groupe. Mais attention à ce que ce banc soit bien stable ! Sinon, les personnages qui sont dessus risquent d'avoir l'air passablement crispés.

Pour ce genre de photo, il est impératif d'avoir une lumière douce et très bien répartie. Sur l'image finale, les visages seront très petits; ils ne doivent donc pas être défigurés par des ombres trop fortes, comme cela arrive quand il y a un soleil vif. Si vous ne pouvez pas prendre votre photo par temps couvert, faites poser tout le groupe à l'ombre d'un bâtiment. En intérieur, vous aurez parfois besoin de deux flashes, voire plus, que vous disposerez de façon à obtenir une lumière réfléchie (voir pages 98-105).

Il sera souvent nécessaire d'utiliser un grand-angulaire pour faire tenir tout le monde sur votre photo. Si vous ne voulez pas que les visages soient déformés, ne placez personne près des bords de la photo, disposez votre appareil à la hauteur des yeux des personnages et veillez à le maintenir bien horizontal — ce qui peut vous amener à monter vous-même sur quelque chose. Un long déclencheur souple ou une télécommande vous permettra de ne pas vous tenir juste à côté de l'appareil pour guetter les expressions des sujets et déclencher au moment où ils ont oublié qu'on les photographie. Si vous disposez d'une avance automatique, vous pourrez prendre plusieurs clichés coup sur coup; mais vérifiez souvent dans le viseur : un des personnages peut bouger et en cacher un autre.

Thomas Hopker/Woodfin Camp

Il faut toujours prendre plusieurs clichés pour un groupe car il arrive souvent que quelqu'un plisse les yeux ou tourne la tête au moment où vous déclenchez. Si les conditions d'éclairage le permettent, prenez un film de faible sensibilité au grain fin pour que les visages soient aussi nets que possible. Mais votre ouverture de diaphragme doit être assez petite pour que, grâce à la profondeur de champ, les personnages de devant comme ceux de derrière soient nets.

Grâce à ses diagonales, l'escalier de secours a permis de réaliser cette composition originale d'un orchestre de musiciens âgés. Le photographe a su équilibrer la photo en plaçant une rangée horizontale au premier plan avec le joueur de contrebasse au milieu.

Ces petits écoliers anglais se pressent contre la barrière; leurs uniformes sombres donnent de l'unité à la photo, tout en mettant en valeur visages et drapeaux. La photographe Eve Arnold s'est accroupie pour faire cette photo : elle a ainsi simplifié sa photo en faisant une série de portraits où chaque visage est encadré par deux barreaux.

Cette vieille grange qui a connu bien des intempéries est un décor idéal pour cette photo de famille : elle sert d'encadrement au groupe et lui donne de la cohésion; sa couleur sombre fait ressortir les visages. Les machines agricoles ont servi de perchoirs improvisés aux plus jeunes.

171

Neal Slavin

Gros plan
sur Neal Slavin

Neal Slavin est artiste, philosophe et doué d'un grand talent d'observation. C'est aussi un photographe commercial réputé à New York. Il travaille essentiellement pour des publicités de magazine et pour des publications de rapports annuels des grandes entreprises; et pourtant, il a toujours été intrigué par l'image que les gens se font d'eux-mêmes et a mené, parallèlement à son travail, cette recherche personnelle. « L'identité des gens m'a toujours intéressé », dit Slavin. « Je veux photographier le personnage que nous essayons d'être pour découvrir celui que nous sommes. »

Slavin est surtout connu pour ses photos de groupe; souvent elles déclenchent un sourire chez l'observateur et l'obligent ensuite à les regarder plus attentivement; on y voit par exemple le personnel de Tiffany's sur le seuil de ce luxueux magasin, ou bien une équipe de boulistes devant le boulodrome municipal. Il y a un décalage plein d'humour entre le lieu et la pose guindée des personnages. Cela ne l'empêche pas de travailler avec sérieux. Pour Slavin, la photo de groupe symbolise « le conflit entre l'individu et la collectivité », et il a abondamment exploité ce thème en photographiant des groupes très variés. La photo ci-contre de la brigade des pompiers de New York est extraite d'un album entièrement consacré à des photos de groupe, intitulé : *Lorsque deux personnes ou plus sont réunies*. « Pour moi, cette photo illustre le mot "pompier". Ces hommes en ciré échappent au temps », dit Slavin. Mais après les avoir d'abord considérés en tant que groupe, « on se met à les regarder individuellement : on étudie leur visage, leur position et l'on commence à deviner qui ils sont. On commence à percevoir les réactions de chaque individu face au reste du groupe. »

Neal Slavin affirme que la façon dont les gens se groupent sur une photo est plus révélatrice qu'une série de portraits individuels. « Si vous photographiez un personnage isolé, vous n'aurez jamais ce type de réaction. Cela permet de faire tomber un bon nombre de masques que l'individu adopte en société. »

L'intérêt que porte Slavin aux nuances de l'être humain se manifeste actuellement dans d'autres directions; il étudie en particulier les hommes et leurs animaux familiers. Toute son œuvre cherche à percer la complexité de l'identité des individus. « Nous avons tous en tête une image de nous-mêmes que nous nommons notre moi. Mais alors la vraie question est : qui croyons-nous être ? Ce qui m'intéresse, c'est de savoir qui nous pensons être — et de le photographier. »

Carolyn Jones

Les autoportraits

Les photographes font depuis longtemps.des autoportraits. L'autoportrait est en effet à la fois une entreprise délicate et une excellente façon d'apprendre à faire des portraits. La méthode la plus simple pour réaliser un autoportrait, c'est de se photographier soi-même dans un miroir. Mais l'inconvénient principal, c'est qu'on voit l'appareil sur la photo. De plus, on ne peut pas soigner le cadrage : si vous prenez la photo pendant que vous visez, votre visage sera caché par l'appareil; on peut essayer de tourner la difficulté en cadrant avec l'appareil tout à fait sur le bord de l'image et en coupant cette partie par la suite en recadrant.

Cependant, si vous fixez l'appareil sur un pied, et si vous installez un miroir obliquement par rapport à lui, vous pourrez l'éliminer totalement de la photo (voir photo du bas de la page gauche). Mais cela demande des préparatifs méticuleux et nécessite la contribution de quelqu'un d'autre (ou d'un accessoire) qui accepte de se mettre à votre place pendant que vous préparez votre photo. Il faut que quelqu'un déclenche à votre place; ou alors, vous devez disposer d'un long déclencheur souple, d'un retardateur ou d'une télécommande. Ce dispositif fonctionne aux infrarouges et vous permet de vous passer de l'aide de qui que ce soit pour le déclenchement.

Quand vous photographiez dans un miroir, faites évidemment la mise au point sur l'image réfléchie et non sur le miroir : la distance à prendre en compte pour la mise au point est donc égale à la distance de l'appareil au miroir plus la distance du miroir au personnage (en l'occurence, vous-même). Si vous n'êtes pas cadré au centre de l'image, faites bien votre mise au point sur votre image réfléchie, quitte à cadrer ensuite comme vous le souhaitez. Il y a un autre inconvénient à photographier son image dans un miroir : c'est qu'elle est inversée. S'il s'agit de diapositives, il vous suffit de les monter dans le cache, à l'envers par rapport au sens habituel. Pour les négatifs, il suffit de les mettre à l'envers de la position normale dans l'agrandisseur ou de le signaler au laboratoire. Attention aux textes qui pourraient apparaître dans le champ.

On peut aussi réaliser un autoportrait en fixant l'appareil sur un pied, en cadrant et en faisant la mise au point sur quelqu'un d'autre; ensuite vous mettez un miroir juste à côté ou au-dessous de l'appareil pour pouvoir corriger votre pose dans le miroir. Cette façon de procéder nécessite aussi un long déclencheur souple, une télécommande, un retardateur ou la présence de quelqu'un pour déclencher. A condition de réussir à l'éliminer de la photo, le déclencheur souple est préférable au retardateur car vous ne disposez avec celui-ci que de dix secondes environ pour prendre la pose.

Linda Benedict-Jones

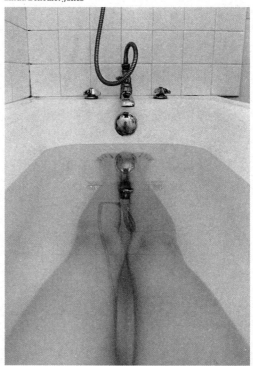

Les autoportraits se prêtent à de multiples variations. Dans ces deux pages, Linda Benedict-Jones se présente à nous sous différents aspects, tous surprenants. Ci-contre, d'énormes jambes se terminent par de tout petits pieds perdus dans l'eau du bain. Du fait de l'angle de prise de vue, nous savons immédiatement qu'il s'agit d'un autoportrait. L'aspect humoristique de cette photo est tempéré par la symétrie des jambes et le décor très dépouillé.

Linda Benedict-Jones

Dans cet autoportrait, la photographe semble être face à elle-même, parce que nous percevons sa double présence : nous voyons au premier plan ses mains et, dans le miroir, son visage.

Linda Benedict-Jones

Linda Benedict-Jones

En fin d'après-midi, les ombres qui s'allongent peuvent aider à composer d'étonnants autoportraits. La photographe a tiré parti d'un mur crépi pour s'y photographier de profil, avec un encadrement de diagonales.

Cet autoportrait est réussi parce que la photo a été prise en contre-plongée. Cela permet de ne pas faire figurer l'appareil sur la photo; en revanche, le plafond sombre et la voûte font une composition très structurée qui « ferme » l'image.

175

Photographier dans la rue

Les lieux publics sont des endroits rêvés pour saisir sur le vif des inconnus. Les photographes emploient diverses astuces pour ne pas se faire remarquer par leur sujet. Une tactique aujourd'hui classique est celle qu'Henri Cartier-Bresson fut le premier à employer : il photographiait d'assez près, avec un appareil compact peu encombrant et silencieux, avec un objectif standard ou un grand-angulaire dont la focale n'était pas trop courte. Prenez un appareil automatique (ou alors réglez l'ouverture et la vitesse d'avance) et, en cas d'éclairage particulier, faites les corrections nécessaires en effectuant la lecture sur une scène voisine éclairée de façon équivalente. Cachez l'appareil dans vos mains; quand le sujet ne vous regarde pas et que la scène vous plaît, visez et déclenchez. Vous aurez besoin de vous entraîner avant de pouvoir le faire vite et sans fausse manœuvre. Il faut aussi apprendre à imaginer comment la scène vous apparaîtra dans le viseur avant de porter l'appareil à vos yeux. Il n'est pas nécessaire de faire comme si vous ne preniez pas de photos si vous arrivez à faire croire à votre sujet que vous photographiez quelqu'un d'autre. Si votre sujet se retourne pour voir ce que vous faites, il faut être capable de faire demi-tour et de

photographier sur-le-champ. Vous pouvez aussi viser pendant longtemps en faisant comme si vous étiez en train de régler votre appareil; en général, le sujet se lasse vite de vous surveiller et détourne les yeux. On réussit plus facilement à photographier un sujet sans qu'il s'en aperçoive si l'on est sur son côté, derrière lui ou plus en haut. Vous pouvez aussi vous dissimuler partiellement dans le renfoncement d'une entrée ou à l'angle d'une maison.

Mais actuellement, les photographes préfèrent en général opérer au téléobjectif (cela permet d'utiliser un reflex plus facilement) : en effet, vous serez alors suffisamment loin du sujet pour qu'il n'entende pas le déclic. Vous pouvez utiliser tous les objectifs de 135 à 300 mm; vous pouvez aussi utiliser un zoom, ce qui facilite le cadrage si vous travaillez en diapositives. Pourtant, il faudra encore que vous tâchiez de passer inaperçu car ce type d'appareil équipé d'un téléobjectif est volumineux et facile à repérer de loin.

Avec les téléobjectifs, la profondeur de champ est assez réduite; il faut donc faire la mise au point très soigneusement. Si vous réglez un objectif standard sur 3 m, tout ce qui sera situé entre

Le grand-père, le père et le fils jouent de la musique dans les rues de New York; ce sont de bons sujets parce qu'ils sont trop occupés pour s'intéresser au fait qu'on les photographie.

Cette jeune Française regarde tout droit vers le photographe; et pourtant il s'agit d'une photo prise sur le vif: on devine, à la façon dont elle se tient, qu'elle pensait à autre chose et qu'elle n'a vu le photographe qu'au moment où il prenait sa photo.

Un instant de distraction de la part de votre sujet ? Vite, levez votre appareil (réglé d'avance) et déclenchez. Si ce joueur d'orgue de Barbarie avait su qu'on le photographiait, son expression n'aurait pas été aussi naturelle.

2,50 m et 4 m sera net pour une ouverture de f/5,6; il en ira de même pour tout ce qui est situé entre 1,80 m et 9 m pour une ouverture de f/16. Mais avec un 200 mm, à 3 m et f/5, 6, vous êtes net de 2,97 m à 3,03 m, et avec f/16 de 2,90 m à 3,10 m.

Votre travail sera facilité si vous utilisez un film à haute sensibilité, avec une vitesse de 1/250 s qui permet de figer les mouvements; mais il faudra utiliser une vitesse encore plus grande si vous avez une plus longue focale. Les photographes ont parfois une autre façon de procéder : ils choisissent un décor qui leur plaît et attendent qu'un sujet intéressant se présente. Avec un appareil équipé d'un téléobjectif et monté sur un pied, d'un long déclencheur ou d'une télécommande, et d'une avance automatique, ils peuvent exposer tout un film sans avoir à toucher à leur appareil.

Les spectacles dans la rue

Keith Boas

Les spectacles qui se déroulent dans la rue, comme les défilés ou les fêtes, offrent d'excellentes occasions de prendre des photos sur le vif. L'ambiance d'un jour de fête et les costumes aux couleurs vives sont très photogéniques; et la possibilité de photographier les gens de près est bien plus grande que les jours ordinaires.

Il y a beaucoup d'agitation et d'activité; les gens sont donc trop occupés pour s'apercevoir que vous êtes en train de les photographier. Et même s'ils se rendent compte qu'un appareil est pointé dans leur direction, ils pensent que ce que vous photographiez se trouve devant ou derrière eux, ou que vous faites une photo de la foule où ils ne figureront que par hasard. De plus, l'atmosphère de ces jours de fête est telle que, très souvent, il n'est même pas nécessaire de vous dissimuler pour photographier quelqu'un. Un jour de carnaval où des foules de gens sont déguisés par exemple et décidés à s'exhiber, un personnage qui fait sciemment le pitre devant l'objectif donnera une aussi bonne idée de l'ambiance qu'une photo prise sur le vif.

La principale difficulté consiste à ne pas avoir trop de monde dans le champ de l'objectif. Il y a une solution facile : arrivez en avance, choisissez un bon endroit et restez-y. Pour un défilé, par exemple, il est conseillé de se placer au premier rang, à l'extérieur d'un virage : cela vous permet de voir, en même temps, de face les participants qui arrivent et de profil ceux qui passent devant vous. Cela vous permet aussi de prendre des photos de la foule massée de l'autre côté de la rue.

Lorsque le spectacle est dans la rue, il y a un va-et-vient incessant; pour éviter d'avoir des personnes indésirables qui passent dans votre champ, utilisez un grand-angulaire et photographiez de près. Certes, vous risquez une certaine déformation, mais cela vaut mieux que d'avoir votre champ bouché par un passant juste au moment où vous déclenchez. Vous pouvez atténuer la déformation en vous baissant au niveau du sujet avec votre appareil tenu horizontalement. Si vous préférez voir vos personnages en plus gros plan, prenez un téléobjectif. Si vous êtes gêné par la foule, montez sur quelque chose (quelques marches, un petit muret, la base d'un réverbère) pour être au-dessus de la foule.

Le meilleur moment pour photographier les spectateurs, c'est avant le passage du défilé : ici, ils ont déjà pris place dans un monde merveilleux, celui de la peinture murale devant laquelle ils se sont installés.

Comme il n'y avait personne devant lui, le photographe a pu s'accroupir et prendre cette photo insolite d'un défilé de majorettes.

Gros plan sur Ulrike Welsch

Les photos d'Ulrike Welsch montrent les petits faits de la vie quotidienne : des enfants qui jouent, des animaux, des intérieurs, la côte près de Marblehead, dans le Massachusetts, aux États-Unis. Elle a également été le photographe de la famille royale de Thaïlande; cependant, elle préfère photographier des gens à l'existence ordinaire. Ses photos sont pleines de sensibilité, avec souvent une note d'humour; elles reflètent bien son attitude dans la vie et sont l'expression de ses affinités avec les gens et les choses de la vie de tous les jours.

Ulrike Welsch est née en Allemagne; lorsqu'elle est arrivée aux États-Unis, en 1964, elle s'est installée à Boston, et depuis elle y fait carrière. Elle a travaillé comme photographe pour divers journaux de Boston : le *Herald* d'abord, le *Boston Globe* ensuite (elle travaillait pour ce journal quand on lui décerna le titre de meilleur photographe de presse de Boston en 1974).

Lorsqu'elle photographie des sujets, Ulrike Welsch estime indispensable d'entrer en contact avec eux. « J'aime leur parler, voir comment ils vivent » dit-elle. « J'aime savoir ce qui les fait réagir. » Cette façon d'établir des contacts personnels lui apporte des satisfactions et a aussi pour effet de mettre ses sujets à l'aise, lui donnant ainsi le temps de choisir le meilleur moment pour déclencher.

La photo ci-contre a été faite un jour qu'elle se promenait dans une ville à la recherche de prises de vue pour enrichir sa « collection ». Elle se souvient de la façon dont la conversation s'est engagée. « Cet homme se trouvait derrière une porte vitrée. Il regardait dehors, le regard perdu à des milliers de kilomètres. J'étais en train de me demander comment j'allais m'y prendre pour qu'il accepte de se laisser photographier. » Mais elle n'hésita pas longtemps : l'homme lui fit signe de la main et ils se mirent immédiatement à discuter. Tout en parlant avec lui, elle l'observait. Au bout de quelque temps, elle le sentit assez en confiance pour lui demander de se remettre derrière la porte comme auparavant. « Nous nous connaissions suffisamment », dit-elle. C'est ainsi qu'elle prit cette photo.

Il est fréquent de se sentir un peu gêné quand on aborde quelqu'un pour le photographier; Ulrike Welsch nous donne ce premier conseil : « Ne vous sentez pas gêné ! Cela m'arrive aussi, mais il faut parvenir à dominer ce sentiment. »

Son second conseil est de ne pas cesser d'observer ce qui se passe dans la rue. Si une occasion de photo se présente, si l'éclairage est bon, si le moment est favorable, alors « il faut déclencher. »

June Dickinson

Les photos de presse

Pour couvrir un événement, que ce soit une émeute ou une inauguration officielle, le photographe de presse n'a besoin que de son appareil; toujours en quête de la photo parlante, il ne compte donc que sur l'impact de celle-ci pour faire passer le message d'une façon que les mots ne peuvent égaler.

Chacune des illustrations ci-contre est un modèle de photo de reportage. Les photographes de presse doivent être continuellement en alerte, avoir un sens très sûr des rapports entre les gens et les événements, et des réflexes rapides: l'occasion d'enregistrer au moment crucial le cliché voulu ne se répète jamais. Pour préparer une photo, ils ne disposent que de trois atouts: leur connaissance parfaite de la technique, leur instinct du bon moment et leur sens de la composition. En ce sens, l'impréparation technique n'est guère de mise, et la maîtrise du matériel doit être parfaite. Pour pouvoir utiliser des objectifs ou des films variés, au moins deux appareils chargés sont nécessaires, dont l'un d'eux est en général équipé d'un moteur permettant la prise très rapide de toute une série de clichés.

Quand le reporter opère à l'intérieur et n'a par conséquent que peu de recul, il choisit en général un grand-angulaire d'environ 35 mm de focale: il pourra bénéficier d'un angle de champ assez large tout en disposant de surcroît d'une profondeur de champ assez étendue qui permet d'obtenir presque toujours une photo nette. Il faudra peut-être la recadrer pour la publier, mais sa mise au point aura toutes les chances d'être correcte.

En extérieur, il utilise souvent un téléobjectif, surtout s'il y a du danger ou s'il est impossible de s'approcher assez près du sujet. Couvrant toute une gamme de focales, les zooms sont très pratiques, présentant à la fois des avantages du grand-angulaire et du téléobjectif. Toutefois, leur définition est moins parfaite que celle des objectifs à focale fixe.

Il est aussi préférable d'avoir un flash électronique assez puissant pour les cas où la lumière est peu intense, voire faible. Le choix du film dépend de la lumière ou est affaire de goût; mais en général, les photographes de presse conseillent les films à haute sensibilité qui leur laissent davantage la faculté de déclencher dans des conditions d'éclairement, de profondeur de champ ou de vitesse difficiles.

Sal Veder/Wide World Photos

Cette photo a permis à son auteur d'obtenir le prix Pulitzer. Sal Veder a su choisir le bon moment pour photographier l'explosion de joie de cette famille d'un prisonnier libéré d'un camp du Viet-Nam. L'impact de cette photo vient en partie du fait qu'elle a été prise de derrière l'officier et non devant lui, de sorte que l'émotion des retrouvailles est encore plus évidente.

L'apparente décontraction de ce tout jeune cycliste devant un camion en flammes prêt à exploser montre à l'évidence que ce jeune garçon s'est parfaitement accoutumé au climat de violence qui règne depuis plusieurs années en Irlande du Nord. Il semblerait même que cet enfant est importuné par la présence du photographe qui coupe la route.

La position d'assaut de ce soldat qui se précipite à demi-courbé au travers d'une épaisse fumée laisse supposer qu'il est au cœur du danger. Le grain est assez visible, ce qui rend l'image encore plus évocatrice.

Mary Ellen Mark

« Je prends une photo si je sens qu'il y a quelque chose que les gens devraient voir. »

Voilà la simple et honnête attitude de Mary Ellen Mark, que l'on considère comme l'un des plus célèbres photographes de presse des États-Unis. Mark fait partie de l'agence-photo *Magnum* dont les membres sont triés sur le volet; elle travaille régulièrement pour *Life*, *People*, ainsi que pour quelques autres grands magazines du monde entier. Elle a publié trois albums dont le plus récent, *Falkland Road*, est consacré à la vie des prostituées de Bombay, en Inde.

Mary Ellen Mark a suivi des cours à l'université de Pennsylvanie, puis travaillé pendant un an dans un bureau d'urbanisme; ce n'est qu'après d'autres études à la Annenberg School qu'elle commença à s'intéresser à la photo. Elle s'est tout de suite orientée vers le journalisme, et l'essentiel de son activité s'exerce toujours dans cette branche.

Elle vit actuellement à New York, mais elle a parcouru le monde entier pour son travail. Parmi les pays qu'elle a visités, elle se sent tout particulièrement attirée par l'Inde. « J'aime ce pays », dit-elle. « C'est l'endroit le plus fascinant que je connaisse. On y rencontre toutes les contradictions possibles et imaginables. » C'est lors d'un reportage pour le magazine *Life* qu'elle fit cette photo de Mère Thérésa en train d'alimenter un mourant.

« Je suis allée deux fois à Calcutta. Je savais qu'il fallait que j'y retourne parce que j'avais aussi d'autres photos à faire, plutôt sur l'œuvre charitable des missionnaires qui s'y trouvent que sur Mère Thérésa en particulier. »

Pour Mary Ellen Mark, la photo est son mode d'expression artistique. Contrairement à beaucoup de photographes de presse qui illustrent une idée avec plusieurs photos, elle essaie de faire que chaque photo se suffise à elle-même. « Mon but a toujours été de faire une seule photo, la meilleure », dit-elle. « Chaque photo doit être indépendante et transmettre un message. » La force de ses photos vient de cette exigence de qualité.

Il ne faut donc pas s'étonner que Mary Ellen Mark trouve beaucoup de satisfactions dans son métier. « Ce qu'il y a de formidable, c'est quand vous êtes amené à faire un reportage sur un sujet qui vous passionne. Vous participez à la vie des autres. Vous êtes témoins de l'intimité de leur vie, et vous la photographiez. C'est une expérience absolument unique. »

Photo by Laurent Wiame

Le document photographique

David Burnett/Contact

Les photographes qui font tout un reportage élaboré ou qui traitent l'actualité d'un point de vue documentaire, cherchent, au-delà de l'information, à dégager le sens de telle ou telle conduite humaine, à savoir comment certaines personnes vivent, jouent ou survivent. Ils disposent donc en général de beaucoup plus de temps pour préparer leur photo que les photographes de presse qui doivent, eux, être toujours à la pointe de l'actualité. Il leur est donc possible de faire connaissance plus calmement avec leurs sujets, et, de là, d'avoir une attitude plus créative pour les photographier. Ils peuvent privilégier un point de vue spécifique grâce à un objectif ou un angle particulier (voir la photo du mariage collectif, page de droite). Ils peuvent aussi s'attarder plus longuement pour déceler la personnalité du sujet, découvrant ainsi un trait de caractère inattendu ou un sentiment bien défini (voir la photo du soldat ou celle de la Nigérienne).

Ce genre documentaire se résume parfois en une seule photo dont a besoin un journal pour sa une ou une revue pour sa page de couverture par exemple, ou encore pour illustrer, à l'intérieur, un article. D'autres fois, il nécessitera toute une série de photos afin d'appréhender un sujet sous différentes facettes : vues d'ensemble ou, au contraire, photos de détails; on en extrait alors quelques-unes qui, présentées ensemble, composeront tout un reportage; et, dans ce cas, l'ensemble sera plus explicite que la photo unique. Il arrive aussi parfois que le grand reporter reste très longtemps sur un sujet s'il a l'intention de publier un livre ou d'exposer ses photos.

Les photographes qui font de grands reportages, ceux qui travaillent pour les magazines par exemple, sont en général très bien équipés et disposent d'appareils et d'objectifs de rechange. Mais, pour réussir leur reportage, il leur faut souvent travailler avec un matériel plus léger. Au départ, un seul appareil suffit, et ils n'utiliseront les autres que quand ils se seront tout à fait familiarisés avec leur sujet. Pour que leurs photos apparaissent plus spontanées, ils essaieront tout d'abord de se contenter de la lumière ambiante, naturelle ou artificielle, et réserveront leur flash pour les cas où il devient absolument indispensable. Pour obtenir des images nettes dans leurs moindres détails, ils utilisent des films peu sensibles.

Les traits encrassés de ce soldat contrastent avec l'expression rêveuse qu'il prend après la lecture d'une lettre : un abîme sépare la vie au front et la vie chez soi.

Frank Fournier/Contact

Pour ce mariage collectif de milliers de membres de l'Église de l'Unification, le photographe a pris sa photo de haut pour bien distinguer les visages des mariés; l'emploi du téléobjectif accentue la densité de la foule. Le cadrage laisse à penser que le nombre des mariés est infini.

David Burnett/Contact

Une mère nigérienne se prépare à nourrir son bébé, cependant que ses deux autres enfants se pressent autour d'elle; on voit sur ses traits tendus par la fatigue qu'il lui faut jour après jour lutter pour survivre.

Les photos de vacances

Rares sont les gens qui n'emportent pas avec eux un appareil-photo en vacances, moment propice pour couper avec le train-train quotidien, occasion aussi pour voir ou entreprendre une chose longtemps désirée en cours d'année. Il est alors agréable de fixer ces instants sur la pellicule : les photos permettront de revivre ces moments et de les faire partager à des amis.

Les vacances sont une des rares périodes où époux, famille et amis se trouvent réunis et passent ensemble de longs moments pendant lesquels il est facile de faire des portraits spontanés. La baignade, la planche à voile, les diverses activités — souvent inhabituelles — sont autant d'occasions de photographier le sujet en pleine action. Pour toutes les photos de vacances, il faut essayer de trouver un décor qui rappellera ces bons moments. On en voit un bon exemple sur la photo de la page de droite où une femme est en train de pagayer.

Si vous choisissez de photographier essentiellement les gens et leurs activités, pour prendre des photos sur le vif, vous avez intérêt à utiliser un film à haute sensibilité et à régler l'exposition en prenant une vitesse de 1/125 s (ou plus si vous voulez vraiment figer un mouvement). Faites au préalable une mise au point sur une distance moyenne d'environ 2 à 3 m. N'oubliez pas qu'à chaque ouverture correspond une profondeur de champ plus ou moins étendue. Si vous suivez ces quelques conseils, vous pourrez déclencher à l'instant même où l'occasion se présentera. Pensez aussi aux possibilités des zooms dont la focale, pour certains, varie de 28 ou 35 à 135, voire 200 mm. Pour les photos de mouvement, il faut savoir prévoir le déroulement de l'action et chercher un endroit d'où vous avez une vue bien dégagée (voir la photo du petit garçon qui fait du toboggan).

En extérieur, le soleil, le sable et l'eau nécessitent une protection du matériel et des films. Veillez à ne pas les laisser en plein soleil, ou dans une voiture surchauffée, même dans le coffre; il faut les mettre à l'ombre et à la fraîcheur tant que vous ne vous en servez pas.

Si vous allez dans un endroit où il y a de la poussière ou des embruns, il est conseillé de ranger votre appareil et ses accessoires dans un sac en plastique bien hermétique. On préconise toujours de mettre un filtre protecteur UV sur l'objectif. Si vous pensez que vous aurez à marcher dans l'eau ou que votre appareil risque d'être éclaboussé, il vaut mieux prendre un appareil étanche (Weathermatic, Baroudeur ou, plus complet, Amphibian). Ou alors, il faut placer votre appareil dans un sac étanche, en plastique souple pour qu'il reste très maniable. Ces dispositifs étanches ressemblent à des sacs en plastique robustes et équipés de deux lucarnes en verre (l'une pour l'objectif, l'autre pour le viseur) et d'un gant également étanche pour effectuer les réglages.

Keith Boas

Robert Clemens

Pour évoquer la griserie d'un tour de manège, l'opérateur a utilisé la technique du panoramique en suivant le sujet pendant son déplacement (voir pages 200-201). On obtient ainsi un arrière-plan flou alors que le sujet reste assez net.

Pour cette photo prise sur le vif, deux points étaient essentiels : le bon moment et le bon endroit. Le photographe s'est placé à la sortie d'un virage, ce qui lui a permis de photographier le petit garçon de face.

Cette photo de groupe a été prise lors d'une journée de vacances passée dans les dunes de la côte est de l'Australie; elle permet de bien situer la scène et montre aussi ce à quoi les personnages vont occuper leur journée.

Cette photo a été prise dans les marais d'Okefenokee en Géorgie, aux États-Unis; le bateau de l'arrière-plan nous indique que la jeune femme du premier plan et le photographe faisaient partie d'un groupe; les plantes aquatiques, les arbres tout en hauteur et l'eau stagnante nous signalent que nous sommes dans un marais.

Photographier des gens à l'étranger

Quand on veut qu'une photo prise à l'étranger traduise l'exotisme et suscite l'évasion, il faut se rappeler que le costume compte tout autant que le paysage ou l'architecture. La photogénie des costumes n'est plus à prouver; suivez les défilés et les fêtes, l'apparat folklorique y est souvent de mise, mais il ne faut pas négliger pour autant le costume quotidien des commerçants, des ouvriers ou les simples uniformes des policiers, des employés de chemin de fer ou des facteurs.

Tout autant que le costume, le visage, le physique et les gestes quotidiens sont évocateurs de l'étrangeté et de l'exotisme; on y parvient en photographiant les gens furtivement sans qu'ils en soient conscients, ou par surprise, comme c'est le cas pour trois des photos de ce chapitre. La meilleure technique consiste à se tenir à une certaine distance et à travailler avec un téléobjectif. Pour la plupart des scènes de rue, on peut se contenter d'un téléobjectif de 85 à 135 mm; de nombreux photographes préfèrent utiliser un zoom équivalent qui permet, en effet, de cadrer sur un sujet ou d'élargir la scène très vite sans avoir à se déplacer.

Vous pouvez aussi prendre certaines scènes sur le vif en étant beaucoup plus près avec un objectif normal ou un grand-angulaire, et si vous prenez les précautions décrites à la page 176. Quand votre sujet s'aperçoit que vous le photographiez, souriez et faites-lui comprendre que vous vous excusez. Engagez la conversation, obtenez sa participation, proposez-lui de lui envoyer la photo par la suite. Et tenez parole : n'oubliez pas de l'envoyer.

Il est conseillé de régler son appareil d'avance sur une certaine distance (3 m pour un objectif normal, davantage pour les téléobjectifs). Réglez aussi l'exposition d'avance, en effectuant la lecture sur une scène analogue proche, l'idéal étant d'utiliser un appareil automatique. Pour un objectif normal, on travaille le plus souvent avec une vitesse de 1/125 s, et pour un téléobjectif, de préférence 1/250 s.

Dans beaucoup de pays, les photos prises sur le vif sont à la fois appréciées et autorisées; mais il y a des cas où cela est mal toléré, voire interdit. Quand il est à l'étranger, le photographe fera attention aux règles locales, religieuses, cherchera à comprendre les réticences ou le refus de certaines populations ou ethnies à être prises en photo.

John Coletti/Stock, Boston

Vue en plongée, la pointe effilée de la gondole sert d'encadrement au gondolier, tandis que la diagonale formée par sa perche conduit le regard de l'observateur vers lui.

Douglas Kirkland/The Image Bank

Sur cette photo de Douglas Kirkland, un énorme idéogramme permet de situer la scène au Japon. Il sert aussi de sobre décor pour les deux enfants. L'idéogramme représente le mot « Est ».

La cathédrale gothique qui se dresse à l'arrière-plan permet de situer en France cette scène où une mère de famille fait prendre l'air à son bébé.

Sur cette photo qui nous montre un groupe de jeunes Polonaises, le photographe a su saisir deux éléments importants : la joie et la surprise qu'elles manifestent d'une part, et les perles, paillettes et broderies de leur costume traditionnel d'autre part.

Les portraits à l'étranger

On saisit encore mieux les caractères spécifiques d'un pays, en faisant le portrait de ses habitants. C'est ce que font souvent les professionnels; en effet, c'est la seule façon de faire exactement ce que l'on veut, et cela permet de bien saisir les nuances des traits, des expressions, des costumes ou des gestes.

Pour cela, il faudra toujours demander au sujet la permission de le photographier qui est, contrairement à ce que l'on croit généralement, facile à obtenir. Il arrive même, dans certains endroits très fréquentés par les touristes, qu'une personne haute en couleurs s'attende à être photographiée — et à être remerciée par une petite pièce. Presque partout, on peut constater que les gens sont plutôt flattés qu'on les photographie, bien que cela soit évidemment moins vrai dans la rue animée et impersonnelle d'une grande ville que dans un petit chemin de campagne. Vous essuierez bien quelques refus, mais cela ne doit pas vous empêcher de persévérer. Si vous ne parlez pas la langue du pays, il vous suffit en général de sourire et de montrer votre appareil pour vous faire comprendre.

Même si vous devez vous exprimer uniquement par gestes, soyez amical et essayez de faire partager votre enthousiasme; c'est indispensable pour réussir à amener votre sujet juste à l'endroit que vous avez choisi et pour qu'il accepte de poser comme vous le souhaitez. Ceci mis à part, un portrait à l'étranger demande exactement les mêmes préparatifs que les portraits habituels. Il vaut mieux travailler par temps couvert ou à l'ombre d'un bâtiment, car la lumière sera douce et diffuse. Si c'est impossible, pensez à utiliser un flash d'appoint pour éclairer les parties situées à l'ombre. Avec un téléobjectif (de 85 à 135 mm de focale), vous aurez des visages naturels, non déformés; vous pourrez faire des gros plans sur un sujet sans avoir à lui marcher sur les pieds. Pensez à prendre plusieurs clichés, sous divers angles.

Avant de photographier des gens à l'étranger, il est prudent de se renseigner dans un hôtel ou auprès d'un guide; en effet, il arrive que des gens, pour des raisons religieuses ou par superstition, ne veuillent pas être photographiés. Il y a aussi des cas où le gouvernement d'un pays refuse que l'on prenne des photos qui pourraient nuire à son image de marque (photos de mendiants, de tribus primitives, par exemple). Renseignez-vous aussi pour savoir s'il faut donner un pourboire à la personne que l'on photographie et quel doit en être le montant.

Ernst Haas

Le portrait de cet Hindou a été réalisé par Ernst Haas; le volumineux turban qui s'enroule autour du visage sert d'encadrement à la fois classique et équilibré tout en faisant ressortir la dignité du sujet.

Norman Kerr

Pour le gros plan de cette petite fille de Mongolie, le photographe a voulu mettre en valeur le costume aux couleurs vives et la douceur de ses traits. On devine que sa mère est présente, que la fillette est timide et qu'elle recherche une protection.

Ted Spiegel/Black Star

Charles Lederman

On peut aussi réussir un bon portrait quand le sujet regarde tout droit dans l'appareil. Ces deux petits garçons semblent à la fois ravis d'être photographiés et un peu intimidés par le photographe.

Près du Mur des Lamentations, le père et son fils avec la têtine à la bouche sont tous deux revêtus du costume traditionnel des Juifs orthodoxes.
Le décor aide à situer la scène et dépeint aussi un mode de vie.

Isn't this a sweet picture? And besides that, I've learned the french name of the Wailing Wall. Did you know this name "Mur des Lamentations". For me, it is already worth the price of the book.

Ha-Ha, that's me

Nagy.

Gros plan sur Kelly et Mooney

Tom Kelly et Gail Mooney se sont associés environ six mois avant de se marier. Ils se sont rencontrés à l'Institut Brooks de Santa Barbara en Californie, où ils suivaient tous deux des cours de photographie publicitaire. Aujourd'hui, ils se sont spécialisés dans les photos de voyage, tant aux États-Unis qu'à l'étranger, et travaillent pour des journaux ou des firmes privées.

« C'est vraiment épatant de travailler ensemble et de partager nos expériences », dit Mooney. « Le fait d'être mariés nous facilite la tâche. » Il leur arrive de signer certains contrats individuellement; mais quand ils travaillent, ils préparent leurs photos ensemble et discutent entre eux de la meilleure façon de photographier une scène. Ils ne réagissent pas de la même façon et savent tirer profit de cette différence. « Et comme nous sommes deux », ajoute Kelly, « l'un de nous peut préparer la photo pendant que l'autre distrait le sujet, lui parle, plaisante avec lui et contribue ainsi à le mettre à l'aise. Nous essayons de faire que chaque photo, sans avoir l'air artificielle, soit esthétique et raconte une histoire. »

Leurs photos de voyage sont en général plus spontanées que lorsque l'on demande à l'équipe Kelly-Mooney un type bien précis de personnages. Il leur arrive de tomber sur une scène à photographier au cours d'une promenade en voiture. Ce fut le cas de cette photo, prise près d'Interlaken, en Suisse.

« Nous étions en train de nous promener, et, tout à coup, nous avons eu la Suisse toute entière sous les yeux », raconte Mooney. « Deux voisins, tous deux très soignés de leur personne, discutaient devant une maison coquette et fleurie. La charrette de foin était, elle aussi, impeccable. »

Kelly ajoute : « Cette photo résume parfaitement ce que nous avons trouvé tout au long de notre séjour en Suisse : ordre et propreté, toujours et partout. »

Si on leur demande un conseil pour réussir des photos de voyage, Kelly et Mooney sont d'accord pour dire : « Le plus important, c'est de respecter les gens du pays que vous visitez. Et aussi de ne pas laisser passer une photo en se disant ''j'aurais dû m'arrêter tout à l'heure''; c'est facile à faire : arrêtez-vous et prenez la photo. Vous ne le regretterez pas. »

© 1983 Bob Krist

Les sports

Le suspense et l'excitation d'une compétition sportive, les maillots aux couleurs vives, la grâce et la beauté d'un corps humain en pleine action, tout cela fait que les reporters aiment photographier les athlètes. A condition que l'on sache maîtriser suffisamment bien les détails techniques, reconnaître le bon moment et choisir le matériel, une photo, statique par définition, sera souvent plus évocatrice qu'un film.

Pour la plupart des sports, il faut un appareil qui permette de photographier avec une grande vitesse. Dans de nombreux cas, une vitesse de 1/500 s sera suffisante; mais pour des sports où l'action est très rapide, une descente en ski par exemple, il faudra une vitesse d'au moins 1/1000 s. Dans tous les cas, il est toujours préférable que l'exposition se fasse avec priorité à la vitesse (voir pages 58-59).

Parmi le matériel de base utilisé pour les photos de sport, il y a le téléobjectif; le meilleur est sans doute un téléobjectif de 180 à 250 mm. Si la focale de l'objectif est supérieure à 200 mm, cela permet de cadrer un visage ou un geste, ou encore une scène éloignée, et dans ce cas il est nécessaire de disposer d'un pied, ce qui est assez encombrant. Pour les autres téléobjectifs, il est bien utile aussi d'avoir un support pour éviter de bouger. La meilleure solution consiste à se servir d'un pied ou d'une crosse de poitrine.

Avec les téléobjectifs, la profondeur de champ est peu étendue; il faut donc faire la mise au point très soigneusement. C'est parfois assez difficile en intérieur, en particulier si l'éclairage est assez faible. En général, les photographes font la mise au point sur un endroit précis, par exemple une marque au sol, et attendent que l'athlète y parvienne. Par ailleurs, la limitation de la profondeur de champ est très pratique, car elle permet d'isoler un sujet dans la foule. Les grands-angulaires vous rendront d'autres services pour faire des vues d'ensemble, des photos de foule ou des photos en contre-plongée (un sauteur en pleine extension sur vue de ciel, par exemple).

Par une belle journée ensoleillée, vous pouvez utiliser un film peu sensible, au grain fin; mais, la plupart du temps, vous devrez prendre un film plus sensible (au moins ISO 400/27°). La quantité de lumière qui parvient sur la pellicule peut se trouver considérablement réduite par les ouvertures maximales assez petites que l'on trouve sur les téléobjectifs et les zooms, ainsi que par les grandes vitesses nécessaires pour figer le mouvement. Au crépuscule, à la lumière peu intense des salles ou des stades la nuit, la situation est encore plus délicate; utilisez alors du ISO 1000/31°, et même faites pousser le film au développement (voir pages 66-67).

A la lumière artificielle, veillez à l'équilibre des couleurs du film. Si la lumière provient

Martin Czamanske

d'ampoules électriques ordinaires ou de projecteurs, vous pouvez utiliser un film équilibré pour le tungstène ou un film lumière du jour avec un filtre n° 80A ou Cokin 020. Si la lumière provient de projecteurs à arc très puissant, utilisez le film lumière du jour. Pour les éclairages de stade — lampes à vapeur de mercure ou sodium —, il vous faudra étudier à l'avance la coloration de l'éclairage et déterminer, par essais successifs, le filtrage nécessaire. Tout filtre a malheureusement pour effet de réduire encore la quantité de lumière qui atteint la pellicule; il est donc préférable d'utiliser un film négatif couleur. On pourra alors rectifier l'équilibre des couleurs au moment du tirage.

L'idée de réunir une équipe autour du trophée qu'elle vient de remporter n'a rien de très original. Mais le photographe a su montrer le dynamisme des joueurs en leur demandant d'agiter leur casquette et de crier.

Stephen Kelly

Pour bien observer une course, le meilleur endroit se trouve à l'extérieur d'un virage. Les coureurs se présentent alors de face et la photo a plus d'unité dans sa composition.

Neil Montanus

Pour réussir cette photo qui semble prise de tout près, le photographe a utilisé un téléobjectif. La profondeur de champ limitée de cet objectif a permis d'éliminer les détails superflus du fond pour ne montrer que le coureur qui va franchir la ligne d'arrivée et ses concurrents proches. Pour ce type de photo, il est conseillé de régler à l'avance la mise au point sur la ligne d'arrivée et de déclencher une fraction de seconde avant que le gagnant ne touche le fil marquant l'arrivée.

Les sports : figer les mouvements

La photographie possède l'extraordinaire pouvoir d'interrompre et de détailler avec beaucoup de netteté les mouvements très rapides; c'est d'ailleurs le point de départ de presque toutes les photos de sport. Le mouvement est en général trop rapide pour que l'œil humain puisse en décomposer les phases successives; le photographe de sport a pour but de montrer, grâce à sa technique et à son instinct du bon moment, l'instant déterminant qui résume toute la scène et permet de transmettre l'esprit de la compétition.

La vitesse d'obturation que vous devez choisir pour figer un mouvement ne dépend pas seulement de la dynamique du sujet, dont la direction et la plus ou moins grande proximité de l'appareil sont aussi facteurs de variation. L'image d'un sujet rapproché est très grande; il faut donc, pour figer son mouvement, une vitesse d'obturation plus grande que pour un sujet éloigné. Par exemple, pour un coureur cycliste qui roule à 45 km/h à une distance de 30 m, on peut utiliser une vitesse de 1/250 s; mais si ce même cycliste n'est qu'à 6 m, il faut une vitesse de 1/1000 s. Bien entendu, si vous utilisez un téléobjectif, l'image d'un sujet très éloigné peut être de la même taille que celle d'un sujet assez rapproché avec un objectif normal; il faut donc prendre une vitesse similaire à celle que vous auriez utilisée si le sujet avait été près.

Vous devez aussi tenir compte de la direction du mouvement du sujet pour choisir la vitesse qui permettra de figer un mouvement. Lorsqu'un sujet traverse le champ de l'appareil, il faut utiliser une vitesse plus grande que s'il vient droit sur l'appareil ou s'en éloigne. S'il suffit d'une vitesse de 1/250 s pour figer le mouvement d'un coureur de marathon qui court à 20 km/h et qui se présente de face, il faudra une vitesse de 1/500 s pour le même coureur qui passera devant vous. Si le mouvement du sujet est oblique (environ 45° par rapport à l'appareil), il faut une vitesse intermédiaire.

Lorsque, en raison de l'éclairage et de l'ouverture maximale dont vous disposez, vous êtes amené à choisir une vitesse inférieure à celle que vous souhaiteriez, vous constaterez qu'il vous suffit souvent de changer de place pour ne plus avoir ce problème. Pour une course, par exemple, allez à la sortie d'un virage, cela vous permet de voir arriver les coureurs de face; vous pouvez aussi faire votre prise de vue de plus loin. Si vous ne pouvez pas changer de point de vue, prenez un film plus sensible. Avec le Film KODACOLOR VR 100, vous pourrez ainsi presque toujours utiliser une grande vitesse, même avec un éclairage assez réduit, car sa sensibilité est environ huit fois plus élevée que celle d'un film courant (ISO 100/21°).

John Menihan

Dans de nombreux sports, il y a des instants où le mouvement semble brièvement s'immobiliser, et il vous est alors possible d'utiliser une vitesse moins grande. Le point culminant d'un mouvement en est un exemple : l'athlète atteint le sommet de sa trajectoire et semble s'arrêter un instant avant de retomber; c'est tout aussi vrai pour le sauteur à la perche qui franchit la barre que pour le gardien de but qui plonge sur une balle. On retrouve aussi ces instants de ralentissement du mouvement à la fin d'un coup au tennis, au golf ou au rugby.

Chaque fois que vous désirez figer un mouvement, essayez de devancer le moment que vous voulez photographier et déclenchez une fraction de seconde auparavant. Cela permet de prendre en compte votre propre temps de réaction ainsi que celui du mécanisme de l'appareil.

Le photographe a utilisé une très grande vitesse d'obturation pour arrêter en plein vol cette plongeuse, à un instant où l'on voit parfaitement son expression et la ligne gracieuse de son mouvement.

Peter Gales

Gregory LaMotta

La réussite de cette photo est due à deux éléments : d'une part, une grande vitesse d'obturation qui a permis de figer en l'air ce joueur de football américain; d'autre part, la contre-plongée qui a permis de créer cet effet de gigantisme en faisant détacher le personnage sur un fond de ciel.

La boue gicle de toutes parts durant une course de moto-cross; grâce une grande vitesse d'obturation, le photographe a pu saisir au vol les motos, les conducteurs et la boue qu'ils projettent au passage.

199

Les sports : la vitesse traduite par le flou

Le mouvement de l'athlète peut également être rendu de façon impressionniste; il suffit d'utiliser la technique du « flou »; l'effet qui en résulte est parfois meilleur que celui d'une photo bien nette. Il faut savoir, dans ce cas, que moins votre vitesse sera grande, plus votre photo sera floue. Si vous utilisez une vitesse légèrement inférieure à celle qui vous permet de figer un mouvement, vous obtiendrez une image où seules les parties qui bougent le plus rapidement seront floues, tandis que le reste de l'image sera net : cela suffit pour donner une impression de vitesse. A l'opposé, avec une vitesse assez faible accompagnée d'un déplacement de l'appareil, on obtient une photo entièrement floue (voir la photo du joueur de base-ball ci-dessous). Entre ces deux extrêmes, il y a toute une gamme de flou et de net possible.

Avec une vitesse inférieure à 1/30 s, voire plus grande encore si vous travaillez avec un téléobjectif, le déplacement de l'appareil rendra flou tout objet immobile. Mais, si vous disposez votre appareil sur un pied, les objets immobiles seront nets dans le plan de mise au point. La vitesse, la direction et la proximité du sujet sont des facteurs importants pour la plus ou moins grande netteté de l'image. Lorsqu'un sujet traverse le champ de l'appareil, le flou est plus important que si ce même sujet se déplace de face ou obliquement par rapport à l'appareil. De même, un sujet proche est plus flou qu'un sujet éloigné.

N'oubliez pas non plus qu'un sujet clair sur un fond sombre paraîtra plus flou car les hautes lumières ont tendance à diffuser. Dans le cas des expositions assez lentes, nécessaires pour obtenir un flou, prenez un film peu sensible pour ne pas surexposer. Il faudra même parfois que vous utilisiez un filtre de densité neutre pour réduire la quantité de lumière qui parviendra à la pellicule.

Il existe aussi la technique du panoramique : il s'agit de suivre avec l'appareil le déplacement du sujet qui traverse votre champ de vision. Faites à l'avance la mise au point pour l'endroit où vous allez prendre votre photo, mettez-vous bien d'aplomb et faites pivoter d'un mouvement régulier pour suivre la trajectoire du sujet. Votre sujet doit rester au centre de votre viseur pendant tout son déplacement; vous déclencherez lorsque le sujet sera à l'endroit souhaité, et continuerez à faire pivoter tout votre corps. La vitesse d'obturation que vous choisirez dépendra de celle du sujet : pour un coureur, elle est de 1/30 s, mais pour un skieur, elle est de 1/125 s. Souvenez-vous aussi que plus le sujet est éloigné, moins votre vitesse doit être grande. Pour un panoramique, recherchez des fonds où se trouvent mélangées plusieurs couleurs vives ou bien de hautes lumières et des ombres : vous obtiendrez ainsi des rayures qui accentueront l'impression de vitesse. Si vous en avez la possibilité, utilisez un appareil compact, car, avec les reflex, vous ne pouvez plus rien voir dans le viseur pendant l'exposition, ce qui rend impossible de suivre le déplacement du sujet. Mais, vous pouvez alors utiliser un cadre de visée auxiliaire (viseur sportif) qui se glisse dans le sabot de l'appareil.

Jeff Dunn

Ici le flou qui donne une vision impressionniste de ce match de base-ball a été obtenu parce que le joueur s'est déplacé pendant une exposition peu rapide et que l'appareil a, lui aussi, bougé. Au téléobjectif surtout, il suffit d'un infime mouvement de l'appareil pour obtenir une photo très floue; une simple pression sur le pied sur lequel est fixé l'appareil est suffisante.

Frank Villalovoz

Le photographe a utilisé la technique du panoramique pour suivre le coureur et donner une impression de vitesse; le fond n'est plus qu'une série de rayures alors que le sujet est resté relativement net. L'impression de vitesse est encore accentuée par le fait que les jambes du coureur sont plus floues.

Visages de sportifs

Les photographes de sport se concentrent sur le mouvement et l'effort physique de l'athlète et prêtent assez peu d'attention à son visage. C'est pourtant l'expression du visage qui rend une photo vivante, car on peut y lire aussi bien l'effort, la concentration, la tension, la joie, le soulagement, la déception ou tout ce que l'athlète ressent : toutes expressions qu'il suffit de montrer pour transformer complètement une photo qui, sans cela, ne serait que banale. D'autre part, saisi en plein effort, à un moment où il est impossible de se composer un masque, le sportif laisse souvent révéler sa vraie nature.

Pour figer un mouvement, comme pour saisir l'expression d'un sportif juste au bon moment, il faut avoir l'œil et le sens du moment décisif. Si vous regardez souvent les athlètes, vous saurez reconnaître le moment où leur physionomie est la plus expressive. Dans le cas de la joueuse de tennis (page de droite, en bas) par exemple, on lit sur son visage l'effort qu'elle a dû fournir pour frapper la balle, effort qui se poursuit quelques instants après le coup. C'est un bon moment pour déclencher car le visage reste immobile tant que la joueuse suit la balle des yeux. Pour les courses de fond, l'effort de l'athlète est en général plus intense à la fin du parcours qu'au passage de la ligne d'arrivée. Chaque sport, chaque poste dans une équipe a des moments similaires. Et bien sûr, beaucoup d'athlètes ont de surcroît un style personnel.

Pour réussir ce type de photo, il faut chercher à avoir dans le viseur une image plus grande que la normale. Pour la plupart des sports, cela vous contraindra à utiliser un téléobjectif de 200, 300 mm ou même davantage. Mais il y a des exceptions. Une photo soigneusement préparée (comme celle du basketteur ci-contre) peut être prise avec un objectif normal ou même avec un grand-angulaire. On peut fixer l'appareil au-dessus du panier et déclencher avec une télécommande.

Stan Pantovic/Photo Researchers

Cette joueuse de soft-ball (jeu qui ressemble au base-ball) est tellement tendue par l'effort qu'elle fournit qu'elle se mord les lèvres. C'est parce que le photographe a su saisir l'instant décisif que cette photo, qui aurait pu être banale, est si dynamique et évoque si bien l'extrême concentration de la jeune sportive.

L'appareil était placé juste au-dessus du panier de basket. Le photographe a pu réussir ainsi un gros plan qui montre bien l'intensité de l'effort du joueur.

Todd Jayson Howell

Le photographe a cadré de façon que le corps de l'athlète n'apparaisse pas sur la photo; de plus, il a choisi de rendre flou le fond; cela permet d'isoler l'intensité de la concentration qui se lit sur le visage de l'athlète. Il y a pourtant assez de détails pour que nous n'hésitions pas une seconde à identifier cet athlète comme un lanceur de javelot.

Virginia Wade, joueuse de tennis britannique, vient de frapper la balle; la tension de son visage contraste fortement avec l'impassibilité du juge de ligne en arrière-plan. Les deux personnages paraissent plus rapprochés l'un de l'autre qu'ils ne le sont en réalité parce que le photographe a utilisé un téléobjectif.

Gros plan sur Neil Leifer

Comme beaucoup de gamins du quartier de Lower East Side (Manhattan, New York), Neil Leifer avait la passion du sport. Mais Leifer a réussi à faire d'une passion d'enfant son métier, et il est maintenant l'un des meilleurs photographes de sport des États-Unis.

« J'ai toujours regardé les sports avec l'œil du professionnel », dit Leifer; en effet, ses premières photos furent publiées dans le magazine *Sports Illustrated* alors qu'il était adolescent. « Ma façon d'agir m'a toujours été dictée par ce qu'on me demandait de faire. » De toute évidence, cela lui a fort bien réussi. Pendant des années, il a parcouru le monde comme reporter de *Sports Illustrated*. Aujourd'hui, il travaille pour *Time*.

Leifer reconnaît qu'il faut du talent et un certain flair pour faire des photos de sport, mais il attribue, pour une grosse part, son succès au soin qu'il met à préparer chacune de ses photos. « Ce qui fait ma force, c'est que j'ai tout préparé d'avance et que je sais ce qui va se passer », dit-il. Pratiquement, cela signifie qu'il se rend dans la salle des sports ou au stade des heures voire des jours à l'avance. Il étudie la position de la lumière, repère les ombres qui pourraient nuire à ses photos, et choisit ses angles de prise de vue. Il s'intéresse aussi au sport qu'il va photographier et étudie le style personnel des principaux protagonistes.

Chaque fois que c'est possible, Leifer cherche à renouveler la façon de présenter tel ou tel sport. Cette photo de l'Italien Nino Benvenuti ne ressemble pas aux autres photos de boxeurs; en effet, l'agencement de la salle et du ring permet d'opérer en légère contre-plongée, à la hauteur des cordes, et non pas, comme cela se fait d'ordinaire, à l'intérieur du ring ou du haut des gradins. « Dès que j'ai vu la salle », explique-t-il, « j'ai su que j'allais prendre mes photos de là. » Leifer a décidé de se placer derrière l'adversaire de Benvenuti pour voir celui-ci de face; il a pris cette photo juste au moment où le round allait commencer. Pour intensifier la couleur du fond, il a réussi à disposer une gélatine rouge (filtre) sur le projecteur qui éclaire d'en haut son sujet, ce qui rend la scène plus violente.

Lorsqu'il examine le déroulement de sa carrière, Neil Leifer est très satisfait de la vie qu'il mène grâce à son art. Les moments les plus passionnants qu'il a vécus ont été les célèbres combats de Cassius Clay, alias Mohammed Ali, au Zaïre et à Manille, les jeux Olympiques au Japon et les journées passées à skier dans le Colorado avec le président des États-Unis, Gerald Ford.

« Mon appareil est mon sésame et me permet d'aller partout », dit-il. « Pour quelqu'un de mon milieu, c'est vraiment quelque chose d'inespéré. »

Photo by George Hiotas

Les photos de scène

Les spectacles (ballets, pièces de théâtre, concerts, cirques) offrent, comme les manifestations sportives, de nombreuses occasions de réaliser des photos pleines de mouvement, de couleur et de grâce. Mais il vous sera plus ou moins aisé d'opérer.

Dans les théâtres ou les salles de concert, il est en général interdit de photographier pendant la représentation. Les professionnels chargés de faire un reportage sur un spectacle le réalisent pendant les dernières répétitions. Mais s'ils ne peuvent faire autrement, ils prennent place au fond de la salle ou sur les côtés, ou encore dans les coulisses. Ils utilisent des appareils compact, qui sont en général très silencieux; mais s'ils ont des appareils reflex, ils les disposent dans des caissons insonorisés, ou essayent de profiter d'un fortissimo de l'orchestre, d'un moment de réaction du public, pour qu'on n'entende pas le déclenchement de leur appareil.

Pour photographier un spectacle en direct, vous vous heurterez à beaucoup d'obstacles dont le principal est l'éclairage. En effet très souvent, l'artiste est éclairé par un projecteur alors que le reste de la scène est plongé dans l'obscurité. Si vous vous fiez aux indications du système de mesure de votre appareil, vous obtiendrez souvent une photo surexposée, car le posemètre sera trompé par les grandes zones sombres, ce qui faussera le résultat. Pour éviter cela, effectuez la lecture sur l'interprète avec un posemètre étroit, ou bien avec votre appareil équipé d'un téléobjectif de grande focale. Même si toute la scène est bien éclairée, il vaut mieux procéder ainsi car le sujet est en général beaucoup plus éclairé que le reste. Si

cette méthode n'est pas possible, sachez qu'on estime que, pour l'éclairage moyen d'une scène, on expose un film de ISO 400/27° avec une ouverture de f/2,8 pour une vitesse de 1/60 s; si la scène est très éclairée, on réduit l'exposition d'une ou deux divisions de diaphragme. Vous avez néanmoins l'intérêt à opérer avec une fourchette d'exposition d'une ou deux divisions de diaphragme en plus et en moins.

L'intensité de l'éclairage varie d'une partie de la scène à une autre, et cela donne des images fortement contrastées. Si les sujets sont correctement exposés, le fond paraît souvent beaucoup plus sombre qu'en réalité. Vous rencontrerez aussi une autre difficulté : dans les théâtres, la scène étant surélevée, vous devez prendre vos photos sous des angles peu naturels, en contre-plongée si vous êtes dans la salle, en plongée si vous êtes au balcon. Là aussi, il est préférable de travailler pendant des répétitions, l'éclairage pouvant être réglé de façon plus uniforme, sans pour autant nuire à la spontanéité du spectacle; la salle peut rester éclairée, on peut modifier l'éclairage de la scène, ou même ajouter des projecteurs. De plus, on peut installer un praticable pour prendre des photos au niveau de la scène.

Quand vous photographiez un spectacle sans possibilité de modifier l'éclairage, il faut prendre le film le plus sensible que vous puissiez trouver : un film négatif couleur de ISO 1000/31°, ou plus sensible encore, est particulièrement recommandé.

Pete Turner/The Image Bank

Les photographes cherchent en général à opérer de près. Pour cette photo, Pete Turner a voulu photographier quatre danseuses qui ne sont plus que de petites taches claires sur un fond sombre; cela donne une idée de l'immensité de la scène, et l'on a l'impression d'assister au spectacle.

Ian Berry/Magnum

Barbara Morgan a su saisir cette attitude étonnante de la légendaire Martha Graham : le mouvement de la danseuse fait tournoyer loin sa longue jupe qui se détache sur un fond sombre.

Le photographe a choisi d'utiliser une petite vitesse d'obturation; il en résulte un flou qui redonne l'impression du mouvement des danseurs et de l'âpreté de la bataille de ces Cosaques.

Gros plan sur Martha Swope

« Je ne réfléchis pas. J'agis. » Voilà ce qui, d'après Martha Swope, est nécessaire pour réussir les photos de théâtre ou de ballet. « C'est avant tout une question d'instinct et de capacité à vibrer à l'unisson de ce qui se passe sur scène. On apprend à se laisser porter par l'action et on y participe intuitivement. »

Martha Swope est la photographe officielle du *New York City Ballet* depuis 1958; c'est la meilleure photographe de scène des États-Unis. Au départ, elle voulait être danseuse. Mais aujourd'hui, elle mène une vie effrénée, courant d'une répétition de ballet classique à un spectacle de danse moderne ou à une première à Broadway; elle travaille pour des metteurs en scène, des revues consacrées à la danse et divers magazines comme *Newsweek* et *People*.

Martha Swope éprouve un grand respect pour les artistes qu'elle photographie. « C'est une race à part », explique-t-elle. « Ce sont des gens acharnés au travail, qui ont une véritable vocation. » Elle considère que son rôle est de faire revivre l'histoire de leur art, de la faire passer à la postérité. « Il est important de se souvenir des moments qui font l'histoire de la danse, parce que c'est le patrimoine du public. »

Chaque spectacle (ballet classique, pièce de théâtre, ballet moderne) demande une technique photographique particulière; Swope est donc dans l'obligation de se tenir au courant de l'évolution de ces arts. « Plus vous en savez sur la danse ou le théâtre, mieux vous pouvez les photographier », dit-elle. Pour les pièces de théâtre et les comédies musicales, il faut savoir créer une illusion très forte, sinon on ne parvient pas à en traduire l'aspect irréel. Pour les ballets modernes, de structure moins rigide, on peut photographier pratiquement tout au long du spectacle alors que les ballets classiques présentent des temps forts qui seuls doivent être photographiés. « Le ballet classique suit des règles qu'il ne faut pas trahir. C'est lui rendre un bien mauvais service que de mal le photographier. »

Cette photo de Barishnikov dans *Configuration* est une des photos préférées de Swope; elle a, de toute évidence, été prise juste au bon moment, et sûrement après une étude minutieuse de l'éclairage existant.

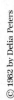

Les photos de mode

Marcia Lippman

Une capeline fleurie, un pull-over à torsades et une longue natte, tout cela évoque une jeune fille au printemps; l'atmosphère vaporeuse et irréelle du fond fait penser aux toiles peintes des décors des anciens photographes. Pour réaliser cette photo, le photographe a utilisé un film infrarouge qui fausse les gammes de couleur, et avec lequel les végétaux deviennent blancs; de plus, ce film a tendance à diffuser les zones claires. L'effet romantique a encore été accentué par le grain apparent mais bien réparti de l'image.

Le style des photos de mode change presque aussi vite que la mode vestimentaire. Mais le rôle du photographe de mode, lui, ne change pas : il doit mettre en valeur le travail d'un couturier en créant autour du vêtement une ambiance ou une atmosphère particulière. On peut désirer obtenir une photo pleine de douceur et de romantisme, comme les photos de ce chapitre, ou une photo aux contours parfaitement nets, comme on le verra au chapitre suivant.

Pour réussir une photo de mode, il faut tenir compte de plusieurs facteurs : le vêtement, sa forme, la pose, le cadre, le maquillage, l'éclairage, la personnalité du mannequin et les rapports qui s'établissent entre le mannequin et le photographe.

Pour des raisons de simplicité, la plupart des photos de mode se font en studio, en général devant un fond-photo en papier de grande largeur. On ajoute parfois quelques accessoires; il arrive même que l'on construise un décor. Les photographes de mode placent en général leur appareil à hauteur de la taille du mannequin afin qu'il apparaisse plus mince et élancé, le vêtement étant ainsi également mieux mis en valeur. Ils utilisent presque toujours un film au grain fin pour obtenir une image très nette et détaillée.

L'éclairage dépend de l'effet que le photographe désire obtenir et des conditions naturelles du lieu de prise de vue. En intérieur, on se heurte souvent à la lumière combinée du flash et de l'éclairage électrique de la pièce. En extérieur, il faut corriger l'éclairage naturel avec des panneaux réfléchissants et des flashes d'appoint. On utilise parfois un flash direct et de face pour obtenir des photos très contrastées et aux contours très dessinés. Mais l'éclairage le plus facile à exploiter est l'éclairage doux et oblique d'un flash réfléchi sur un parapluie. Ce type d'éclairage est flatteur pour le mannequin et pour le vêtement; de plus, il est assez directionnel pour bien faire ressortir le drapé et la texture du vêtement d'une part, les traits du mannequin d'autre part. On peut ajouter quelques projecteurs sur le côté ou derrière le sujet ainsi qu'éventuellement quelques panneaux réfléchissants supplémentaires. Certains tissus exigent un éclairage particulier : l'éclairage doit venir de derrière le mannequin pour que l'on apprécie la transparence de la mousseline; pour un tissu genre bouclette, il doit être latéral pour bien mettre en valeur la texture; et pour un satin, il doit être frontal pour lui donner plus de brillant.

Un fond noir et uni est en général trop sévère pour des photos de mode; ici, pourtant, il fait ressortir la largeur de la jupe et le bras du mannequin.

Marcia Lippman

Kate Carter

Sur cette photo délicate en dominantes claires (« high-key »), le charme désuet de la robe, sa texture vaporeuse et ses broderies sont mis en valeur par le fond fleuri et la pose du mannequin, qui fait très petite fille modèle, malgré une légère transparence des vêtements.

Les photos de mode

Pour réussir une photo de mode, il ne suffit pas de savoir trouver le cadre ou le décor, l'éclairage, l'angle de prise de vue ou les effets spéciaux les plus appropriés. Il faut surtout créer, grâce au mannequin, une atmosphère. La photo peut évoquer la fraîcheur de la jeunesse, le mystère de l'exotisme, la sophistication de la femme fatale, la hauteur glaciale de la belle inabordable ou la santé débordante de la sportive.

Il arrive que le photographe ait une idée bien précise de ce qu'il souhaite obtenir et fasse poser le mannequin en conséquence; c'est le cas pour la photo de la femme au chapeau noir ci-dessous. Mais, en général, le photographe oriente sa recherche dans plusieurs directions à la fois. Il explique alors au mannequin ce qu'il cherche à réaliser; c'est ensuite à ce dernier de savoir entrer dans la peau du personnage et de se mettre en valeur.

Lorsqu'il travaille avec un mannequin professionnel, le photographe peut se contenter de rectifier des détails de la pose; par exemple, il lui demande de tourner la tête un peu plus vers la gauche, ou bien de chercher une autre pose. Un mannequin professionnel sait paraître décontracté et naturel; mais il sait aussi l'importance de certains détails, comme de ne pas écarter les doigts, ou de les fléchir légèrement (si l'on n'y prend pas garde, une main a vite l'air figée), ou encore de ne pas avancer le bras ou la jambe vers l'appareil (ce qui le ferait paraître démesuré).

Pour l'aspect du mannequin et l'atmosphère de la photo, le maquillage est un point essentiel. Le mannequin se maquille parfois lui-même, mais c'est souvent une maquilleuse ou l'assistante du photographe qui s'en charge. Toutes les astuces du maquillage sont mises à profit, par exemple, mettre une touche claire à l'endroit du visage que l'on veut faire ressortir. Mais il s'agit surtout de dessiner les yeux et la bouche pour bien les mettre en valeur. Il faut utiliser très prudemment le rouge à joues car il paraît plus foncé et plus contrasté sur la photo qu'à l'œil nu. Il faut éviter d'avoir des hautes lumières qui brillent, il faut donc que la peau soit mate. Le rouge à lèvres et le fard à paupières sont choisis pour s'harmoniser avec le vêtement présenté et le cadre. Le maquillage est en général assez soutenu pour des photos en pied ou de trois quarts, mais pour les gros plans, il doit être plus discret.

Il est aussi indispensable que le véritable sujet de la photo — le vêtement — soit particulièrement mis en valeur. Les stylistes ont toute une série de trucs pour que le vêtement soit impeccable, tous les plis parfaitement en place, et qu'il tombe de façon irréprochable sur le mannequin. Dans le dos du mannequin, ils n'hésitent pas à défaire une couture si cela leur paraît nécessaire ou à la reprendre avec des pinces à dessin : cela ne se verra pas sur la photo. De même, ils raccourcissent un ourlet avec du ruban adhésif; et, si un chapeau est trop grand, on en réduit le tour de tête avec des mouchoirs de papier.

Ian Miles/The Image Bank

Voici une composition très structurée : on ne voit pas les yeux du mannequin, mais sa tenue, d'un graphisme très moderne, met en vedette l'accessoire présenté, les boucles d'oreilles noires. Remarquez que, judicieusement choisi, le rouge à lèvres du mannequin se détache bien sur le fond malgré tout.

Cette tenue d'intérieur, noire et transparente, aurait pu donner lieu à une photo très érotique; mais le photographe a préféré faire une photo plus chaste et plus sophistiquée : il a choisi un décor très dépouillé, puis il a fait poser son mannequin dans une attitude très sage, les yeux pudiquement baissés, et a utilisé un éclairage qui minimise la transparence de sa robe.

Bert Stern

Gros plan sur Bert Stern

« Au début, je ne savais pas ce que je cherchais. Je me contentais d'être réceptif. »

Alors qu'il n'avait même pas trente ans, Bert Stern faisait déjà preuve de cette disponibilité, de cette spontanéité qui sont à l'origine de sa renommée. Maintenant, depuis plus de vingt-cinq ans, c'est un des photographes les plus recherchés et les plus créatifs dans le monde de la photo commerciale.

Stern a depuis toujours été séduit par la beauté et l'authenticité. Enfant de Brooklyn, il avait davantage confiance en ce qu'il voyait qu'en ce qu'on lui disait. Il adorait le cinéma parce qu'il lui semblait plus simple et mieux ordonné que la réalité brouillonne de la vie de tous les jours. Le monde des stars et des héros qui défilaient sur l'écran le fascinait.

C'est donc tout naturellement qu'il est devenu photographe. Son appareil lui permettait de transmettre de façon durable sa vision personnelle des choses. Très ouvert aux autres, il rêvait de photographier des femmes aussi belles que celles qu'il voyait dans les pages de *Vogue* magazine. Au cours de sa carrière, il a photographié certaines des femmes les plus célèbres de son époque, et parmi elles Marilyn Monroe, dont il a fait le sujet d'un livre, *La Dernière Séance de pose.*

« Je réussis bien les personnages », reconnaît-il, « mais pour ce genre de photo, il faut être deux. » Il insiste beaucoup sur le double aspect que nécessite son travail avec un mannequin, à la fois émotionnel et technique. « Si vous savez créer le contact, votre photo prendra vie », dit-il. « Si vous n'y réussissez pas, elle ne présentera aucun intérêt. »

Stern travaille en musique pour faciliter les contacts avec son sujet, « chimie » indispensable à la création d'une photo vraiment réussie.

Il reconnaît volontiers que son talent consiste à savoir analyser les possibilités photographiques d'une scène. « Je me suis toujours débrouillé pour photographier tout ce que je voyais », dit-il. Il s'est spécialisé dans la photo de mode parce qu'il aime photographier de belles femmes et qu'il éprouve une certaine curiosité pour tout ce qui touche au charme et à la séduction. Les qualités artistiques de ses photos sont reconnues de tous, et pourtant il préfère les proposer à des magazines que les exposer dans des galeries. « Ce qui m'intéresse », nous confie-t-il, « c'est qu'une de mes photos soit publiée dans un magazine feuilleté par cinq millions de lecteurs qui en le parcourant tomberont en arrêt sur ma photo. »

Savoir découvrir la profondeur des choses et réagir aussitôt, voilà quelles sont les clés de la réussite de Bert Stern.

Photo by Irving Penn

Les photos de nu

Le corps humain, de par la grâce de ses lignes et l'harmonie de ses formes, est, depuis fort longtemps, une source d'inspiration pour les artistes. Lorsque le nu est bien rendu, il permet de concilier dans une même œuvre une perception à la fois esthétique et sensuelle. Presque tous les photographes sont d'accord pour reconnaître que les photos de nu sont parmi les plus difficiles à réussir.

La principale difficulté vient du fait que la photo restitue fidèlement tous les détails. Le peintre peut toujours corriger la silhouette imparfaite de son modèle ou, plus prosaïquement, ne pas laisser apparaître qu'il a la chair de poule. Il peut aussi atténuer l'aspect éventuellement provocateur de son tableau. Les possibilités d'intervention sont beaucoup plus réduites pour le photographe. De ce fait, s'il veut réaliser une étude de nu sérieuse, il doit trouver son propre style et les moyens techniques qui lui sont appropriés pour ne pas tomber dans des extrêmes. Pour atteindre l'équilibre qu'il recherche, le photographe dispose de plusieurs atouts : la pose, l'angle de prise de vue, l'éclairage, le cadrage, le décor, l'objectif et le film. Ce qui réussit le mieux aux débutants, c'est une approche simple et directe.

Pour garder au corps du modèle tout son centre d'intérêt, prenez comme fond un papier en grande largeur, d'une couleur en harmonie avec celle du corps, ou au contraire fortement en contraste. Selon que vous le choisissez clair ou foncé, vous pourrez créer une atmosphère irréelle de dominante claire (*high-key*), ou dramatique de dominante sombre (*low-key*). En intérieur, on conseille en général aux débutants d'utiliser comme fond simple et facile les murs, les tentures, les tapis ou un dessus-de-lit : en effet, tout cela forme un décor agréable sans qu'il soit pour autant trop chargé (voir ci-contre le buste de femme).

Si le nu doit être intégré dans une scène plus vaste, il faut choisir le cadre en sachant d'avance le genre de photo que vous voulez obtenir. Il semble normal de voir un nu dans un intérieur ou, à l'extérieur, dans la mer ou sur une plage. Un cadre inattendu doit avoir sa raison d'être. Pour qu'un décor se prête bien à une photo de nu, il faut qu'il soit fortement structuré : une forme triangulaire qui encadre harmonieusement le buste, une forme sinueuse qui fait écho à la ligne du corps, un motif simple composé de lignes droites et qui contraste avec le modelé du corps, ou bien encore un motif qui s'ajoute au mur pour créer une atmosphère ou exprimer quelque chose, pourront convenir.

Robert Farber/The Image Bank

Pour créer l'atmosphère naturelle et intime de cette photo, Robert Farber a su tirer parti de la lumière dorée, de l'ombre du treillis et de la pose abandonnée du modèle qui n'est même pas coiffé. Il se dégage de la boiserie qui sert de fond une impression de confort typique des maisons d'autrefois.

Judy Dater

Pour une étude de nu, Judy
Dater a choisi de travailler
en noir et blanc et dans un
décor aride créé par les
intempéries; c'est très
inhabituel, ce qui donne à
la photo une note de
mystère et d'étrangeté.
De plus, il y a un contraste
intéressant entre la
douceur du corps et la
texture craquelée de la
terre; enfin, notez aussi
que la position du modèle
fait écho aux collines de
l'arrière-plan.

Savoir faire poser un nu

On ne réussit pas de bonnes photos de nu si on n'y réfléchit pas longtemps à l'avance. Il faut sans cesse chercher des décors possibles, ou se demander quel papier utiliser pour le fond, quelle pose faire prendre au modèle et sous quel angle prendre la photo. Les photos de ce chapitre montrent clairement que le résultat est totalement différent si l'on photographie de face ou de profil, si un modèle allongé est photographié au ras du sol ou de plus haut, si l'on photographie un détail en gros plan ou le corps en entier.

Quand vous préparez votre matériel et que vous demandez à votre modèle de prendre la pose, souvenez-vous qu'une photo prise en contre-plongée fera paraître le modèle plus grand et allongera beaucoup les jambes et le buste. Faites très attention à la position des mains : en effet, si celle-ci n'est pas parfaitement étudiée, elle suffit parfois à détruire l'effet d'une pose très réussie par ailleurs. Si vous voulez atténuer la courbe des hanches, vous pouvez prendre votre photo de profil ou bien ne photographier que le haut du buste. Si votre modèle lève les bras, sa poitrine remonte et son bras paraît plus mince; si elle penche la tête en arrière, son cou a l'air plus long, et si elle est couchée sur le dos, son ventre plus plat.

L'attention de l'observateur est attirée par le corps chaque fois que la tête du modèle est tournée vers le côté, cachée dans ses mains ou encore dissimulée par ses bras levés. De plus, cela a pour effet d'atténuer le caractère intime de la photo car le sujet apparaît distant et impersonnel. Par contre, quand on voit la tête du sujet, il faut faire très attention à son regard. Si le modèle regarde vers l'appareil, l'image est plus directe, plus personnelle — elle risque même d'être un peu provocante ou au contraire trop morne —, ce qui ne se produit pas s'il détourne les yeux ou si le regard est caché.

Bien entendu, le choix de l'objectif entre pour beaucoup dans le résultat final de l'image. En général, on conseille d'utiliser un téléobjectif moyen (de 70 à 110 mm). Il évite les déformations, en particulier pour les gros plans, et permet de rester assez loin du modèle pour que celui-ci ne se sente pas gêné. Si vous travaillez dans un décor un peu petit, il faudra parfois que vous utilisiez un objectif normal ou même un grand-angulaire. Mais avec le grand-angulaire, veillez à maintenir votre appareil bien horizontal par rapport au sujet s'il est debout, ou bien parallèle à lui pour une vue de dessus.

Robert Clemens

Nous sommes habitués à voir les corps debout et de face. Cette position est donc neutre, même pour un nu : elle n'ajouterait ni ne retirerait rien à l'image. Mais ici la photo a gagné à être prise de plus bas que le niveau du regard : cela met bien le corps en valeur, en particulier la poitrine du modèle.

Robert Clemens

Si vous prenez au ras du sol une photo d'un modèle couché, vous obtiendrez une photo très surprenante. Elle sera très originale mais il faudra étudier la pose avec beaucoup de soin car vous risqueriez d'obtenir un résultat grotesque.

Attention aussi au choix de votre objectif : avec un grand-angulaire, la tête et la main du sujet auraient été disproportionnées par rapport à ses jambes et à ses hanches.

Robert Clemens

L'appareil est situé presque au-dessus du modèle; le corps est donc vu sous un angle inhabituel, ce qui est plus intéressant visuellement qu'un modèle allongé vu, comme d'habitude, en biais. Par ailleurs, le modèle perd un peu de sa personnalité, et l'observateur regarde la scène avec plus de détachement.

Robert Clemens

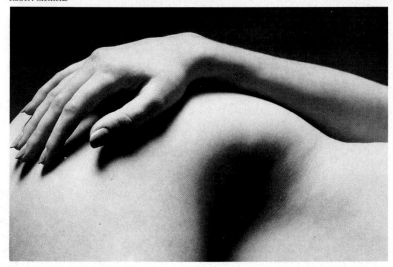

Robert Clemens

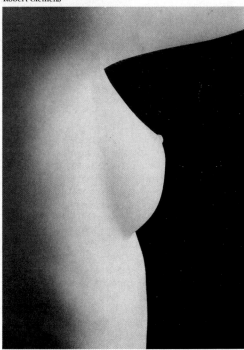

Les ressources offertes par les gros plans de détails du corps sont infinies. On peut soit chercher à isoler et à mettre en valeur la ligne d'une partie du corps, soit, comme on le voit avec la main et la hanche ci-dessus, jouer sur le contraste entre deux parties du corps.

Un nu vu de profil est toujours plus abstrait et plus impersonnel que s'il est vu de face; cela est encore plus vrai si l'on ne voit pas le visage du modèle. Toutefois, il est moins anonyme que s'il était vu de dos. Mais, quel que soit le point de vue, le bras doit être loin du corps pour ne pas dissimuler la ligne du buste. Ce genre de pose peut être aussi un argument pour décider une personne proche ou amie à poser.

Eclairer le nu

Michael Philip Manheim/Photo Researchers

En règle générale, le meilleur éclairage pour une photo de nu est une lumière directionnelle mais douce. La lumière qui entre par une fenêtre exposée au nord convient parfaitement et a toujours été très appréciée par les artistes. Lorsque la lumière ne vient que d'un seul côté, elle éclaire un côté du corps et crée des zones d'ombre de l'autre côté, ce qui accentue les volumes. Comme elle est douce et diffuse, le passage des zones éclairées aux zones sombres se fait par un dégradé régulier; le contraste entre ces deux zones est moins fort qu'avec un éclairage direct.

La lumière douce est flatteuse pour la peau et donne à la photo une qualité presque sensible au toucher. La texture de la peau et des cheveux est bien rendue, mais les pores ou les rides ne sont pas trop visibles. Il n'y a plus les poches sombres très accentuées qu'on obtient en général avec la lumière du soleil ou d'un flash sans utilisation de lentilles adoucissantes ou de panneaux réfléchissants.

En intérieur, la source de lumière la plus facile à utiliser est toujours une fenêtre. (S'il n'y a qu'une seule fenêtre et qu'elle donne une lumière trop vive, vous pouvez utiliser un voilage afin d'obtenir une lumière plus diffuse.) Pour les photos de nu posées debout, il vaut mieux une porte-fenêtre; mais vous pouvez aussi travailler devant une fenêtre ordinaire si vous ne photographiez que les parties du corps qui sont bien éclairées ou si votre modèle est assez éloigné de la fenêtre.

L'emplacement de l'appareil et la position du modèle par rapport à la fenêtre sont déterminantes dans la répartition des ombres et des hautes lumières sur le corps. Si vous êtes à côté d'une fenêtre, et le modèle face à vous, éclairé par elle, environ la moitié de son corps se trouvera dans l'ombre. S'il se tourne de façon à former un angle de 45° avec la fenêtre et si vous le photographiez de côté, la partie sombre sera moindre. S'il est face à la fenêtre et si vous le photographiez de face (en vous trouvant juste à côté ou à l'extérieur, par exemple), il ne restera que fort peu d'ombres. Et, bien entendu, si vous le photographiez dans la position inverse, la fenêtre derrière lui, il se détachera en silhouette.

Plus le modèle est près de la fenêtre, plus grand sera le contraste entre les hautes lumières et les ombres. Même si la lumière est douce, il vaut mieux éclairer les ombres. Le plus simple est d'utiliser un panneau réfléchissant (l'idéal serait qu'il soit de la taille du modèle, d'environ un mètre de large, et qu'il soit recouvert de papier d'aluminium froissé ou de papier blanc). L'apport de lumière varie en fonction de la distance entre le modèle et le panneau. Vous pouvez aussi utiliser un flash d'appoint (voir pages 100-101), ou, si

Le photographe a utilisé un flash placé derrière le sujet pour saisir cette cascade de cheveux au bon moment. Le grain de la photo accentue sciemment l'exhubérance du mouvement.

vous travaillez en noir et blanc, des lampes d'éclairage ordinaires. La lumière qui entre par une fenêtre est en général peu intense; c'est pourquoi vous serez probablement obligé d'utiliser un pied.

En extérieur, on photographie aisément à la lumière naturelle lorsque le soleil est voilé, ce qui adoucit la lumière tout en lui gardant sa direction. S'il y a autour de vous des surfaces de couleur claire, vous pourrez vous passer de panneau réfléchissant. Le soir et le matin, la lumière est à la fois chaude et rasante, même par une belle journée; elle est très flatteuse car elle donne une couleur dorée à la peau et souligne les formes. Si vous êtes obligé de travailler par une belle journée ensoleillée, évitez de faire vos photos à midi (le soleil est alors au zénith); pour atténuer les ombres, placez avec beaucoup de soin un ou plusieurs panneaux réfléchissants, ou bien munissez-vous d'un flash.

On peut utiliser toute une gamme d'éclairages, du halo au contre-jour en passant par toutes les combinaisons possibles entre la source lumineuse principale et les sources lumineuses d'ambiance. Mais les meilleures photos se font souvent avec un éclairage très simple. Essayez de recréer la lumière douce d'une fenêtre à l'aide d'un flash ou d'un projecteur que vous dirigez sur un grand parapluie réflecteur, ou que vous équipez d'un écran diffuseur. Placez aussi un panneau réfléchissant de l'autre côté pour éclairer les ombres. Quand vous saurez maîtriser toutes ces techniques, vous pourrez essayer de réaliser des éclairages plus complexes (voir pages 102-103).

En général, vous voulez que votre photo soit aussi nette et précise que possible : vous prendrez donc un film peu sensible, au grain fin. Mais il peut arriver que vous utilisiez un film de sensibilité plus ou moins élevée et même que vous le poussiez si vous désirez obtenir une photo intime dans la pénombre d'un intérieur, ou une photo à grain visible (voir la photo de la page de gauche). Quand vous choisissez un film pour vos photos de nu, souvenez-vous que la couleur est plus délicate à manipuler et qu'il faut étudier la pose et le cadrage avec encore plus de soin que d'ordinaire car la couleur donne des photos plus réalistes. D'un autre côté, le noir et blanc est plus neutre et permet de donner une touche classique et réservée à un nu en mouvement.

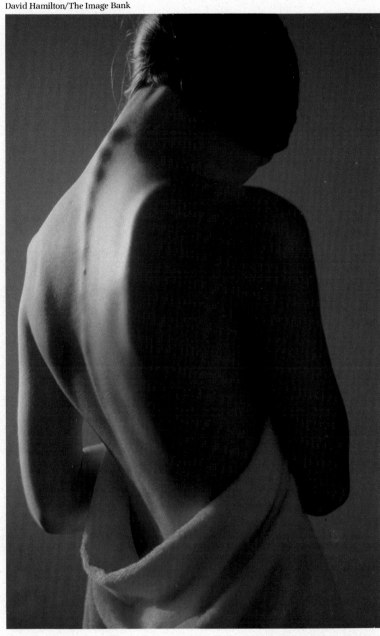

David Hamilton est célèbre pour ses nus romantiques. Pour réaliser cette photo, il a placé un projecteur presqu'à contre-jour derrière le sujet. Cet éclairage souligne particulièrement la ligne du bras gauche du modèle.

Le nu stylisé

De même qu'un paysage ou une nature morte, le corps humain se prête admirablement bien aux études artistiques et peut être traité de façon abstraite. Les courbes du buste et les lignes anguleuses des membres offrent selon l'éclairage toute une variété d'effets aussi subtils que spectaculaires (textures rugueuses et douces, volumes arrondis ou au contraire aplatis).

Pour faire une étude de nu abstrait, on a souvent recours au gros plan rapproché d'une partie du corps. Dans ce cas, le corps se détache le plus souvent sur un fond uni qui ne doit pas attirer l'œil; mais il arrive aussi que le gros plan soit si rapproché qu'on ne voit plus que le corps (le fond disparaît alors entièrement). Vous aurez parfois envie d'introduire dans votre photo un élément qui soit un rappel des formes du corps ou, au contraire, qui contraste fortement avec elles. On peut ainsi obtenir soit une photo très simple (voir la photo du buste ci-contre), soit une photo complexe et un peu énigmatique (voir la photo des deux bras croisés ci-contre en dessous). On peut aussi obtenir une photo très sensuelle (voir la photo du nu dans l'eau, page de droite).

Mais il y a bien d'autres façons de traiter le nu de manière abstraite. On peut faire la photo sous un angle inattendu, provoquer, avec un objectif judicieusement choisi, la déformation du corps, le faire éclater en plusieurs images en utilisant une lentille prismatique, ou encore créer un nu immatériel avec une lentille de flou. On peut le transformer en silhouette, ou se servir d'un élément du décor comme encadrement. On peut aussi demander au modèle de prendre une pose inhabituelle qui, de ce fait, retiendra l'attention. Le nu peut aussi n'occuper qu'une toute petite place, et malgré tout significative, dans un décor beaucoup plus vaste (voir la photo de la page de droite, en haut).

Les scènes d'extérieur sont souvent très concrètes, mais, comme un nu abstrait est toujours le résultat d'un travail très minutieux, il est plus facile d'opérer en studio ou en intérieur. Contrairement à la plupart des photos de nu, un nu abstrait peut être réalisé avec un éclairage intense et fortement directionnel. Si l'éclairage vient à peu près de l'endroit où est placé l'appareil, le corps paraîtra presque plat. Un éclairage latéral transformera le corps en un graphisme soutenu d'ombre et de lumière car les zones éclairées et non éclairées seront très fortement contrastées. Pour réaliser des gros plans rapprochés tout en évitant les déformations dues à certains objectifs, on utilise en général un téléobjectif, voir un objectif macro. Il est presque toujours nécessaire de disposer d'un pied pour pouvoir étudier soigneusement le cadrage et la pose.

Jan Cobb/The Image Bank

John Lundberg

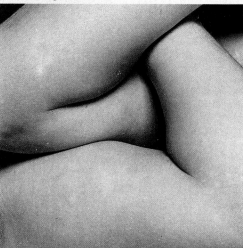

La pose, le cadrage et l'éclairage latéral ont été soigneusement étudiés afin de réaliser cette photo simple en apparence; le buste du modèle, tout en longueur, fait naître une zone de lumière et une zone d'ombre incurvées qui se détachent sur un fond de couleur neutre.

Deux modèles ont replié un bras chacun et les ont entrelacés. La photo a été prise en gros plan, ce qui permet d'obtenir une image curieuse. Pour ce type de photo, il est conseillé d'utiliser un éclairage important mais pas trop directif, juste de face, afin d'éliminer au maximum le relief; les ombres sont très atténuées et l'utilisation d'un téléobjectif permet de réduire les distances.

Judy Dater

Paolo Curto/The Image Bank

Judy Dater a réalisé cette image surréaliste où l'on voit un nu insolite figurer dans un paysage qui semble hostile et étranger. La lumière rasante allonge les ombres et met en valeur l'aspect rocailleux du sol. Ainsi, la forme sculpturale et abstraite du corps est, elle aussi, mise en valeur.

Le modèle émerge tout juste assez pour permettre une étude douce et voluptueuse des textures. Avec l'éclairage vertical, le corps devient tout luisant d'eau et de soleil.

Le nu et le portrait

Lorsque le nu est une étude stylisée, le corps est considéré comme un objet dans une nature morte. Mais lorsque le nu devient un portrait, le photographe recherche exactement l'effet contraire. Quand il fait poser un modèle nu pour un portrait, le photographe cherche à mettre en évidence la personnalité de son modèle (voir la photo de la femme qui tourne la tête, page de droite). Le modèle peut aussi être un des agents qui participent à la création d'une atmosphère ou l'élément narratif même de la photo (comme dans celle de la femme assise dans les escaliers, page de droite). Le but n'est plus, comme dans le cas du nu abstrait, d'obtenir un effet essentiellement visuel. Il est surtout d'apprendre à l'observateur quelque chose sur le modèle en tant que personne ou sur la façon dont le photographe perçoit le monde. Dans les deux cas, ce n'est plus tellement l'étude des formes qui importe, mais le sujet comme individu auquel il est possible de s'identifier.

La pose est encore très importante pour ce type de photo. Il est presque indispensable de montrer le visage du sujet si l'on désire faire comprendre quelle est sa personnalité. Le visage peut d'ailleurs être plus ou moins caché (voir la photo ci-contre), mais l'effet global de la photo doit révéler ce qui singularise le modèle. Le choix du décor est très important et il faut faire très attention à bien l'adapter à l'atmosphère que l'on veut évoquer. C'est particulièrement vrai des portraits personnalisés dans lesquels le décor et le nu sont tous deux les supports du message que l'on veut faire passer. Mais même dans ce cas, veillez à ce que le décor reste assez simple et discret.

Pour ce type de photo de nu, le travail est aussi motivant pour le modèle que pour le photographe. Mais il n'est pas indispensable de travailler avec un modèle professionnel. On peut même dire qu'un modèle amateur a souvent une liberté d'allure et de maintien qui permet d'autant mieux à l'observateur de s'identifier à lui. Cependant il est indispensable que le modèle soit capable de prendre un air naturel et de ne pas paraître trop emprunté devant l'appareil. Pour le photographe, la difficulté consiste à réaliser une photo qui soit en même temps une étude des lignes du corps et une recherche sur la personnalité du modèle. Cette tâche délicate ne peut être menée à bien sans le talent d'un photographe qui s'intéresse réellement aux gens qui l'entourent.

Judy Dater

Le sujet est presque une silhouette; cependant, son profil, ses cheveux emmêlés et sa position comme recroquevillée, prise en contre-plongée, se remarquent tout de suite et mettent en évidence sa timidité et sa réserve.

Si le sujet n'avait pas tourné la tête, cette photo aurait été intéressante par le dégradé des couleurs. Mais on voit le visage de la jeune femme et la photo devient alors un véritable portrait, nu, bien que totalement pudique.

Linda Benedict-Jones

On ne s'attend guère à voir un nu dans une cage d'escalier qui semble descendre à l'infini. Cela donne à cet autoportrait une sensation d'onirisme, soulignée par la position du sujet qui, bien que regardant la lumière, est replié sur lui-même comme s'il voulait se protéger; et cet effet onirique est renforcé par le gouffre que forme l'escalier.

Lucien Clergue

« Je suis, encore aujourd'hui, aussi impressionnable qu'un petit garçon face à la nudité », dit Lucien Clergue, photographe spécialisé dans les photos de nu depuis trente ans. La disponibilité de Clergue est évidente dans ses photos. Originales et sans équivoque, ses photos sont une célébration du corps de la femme qui s'offre au regard le plus simplement du monde — avec souvent un brin de malice — dans des décors naturels ou artificiels.

Clergue a passé son enfance en Arles où il habite toujours. Jeune adolescent, il était fasciné par le charme enjoué des prostituées qui fréquentaient l'épicerie de son père. Plus tard, il étudia la structure et les proportions des statues de la Rome antique dans le musée lapidaire tout proche de son domicile. C'est donc tout naturellement qu'il s'est tourné vers la photo de nu.

Au début, il réalisait presque toutes ses photos sur les plages des environs d'Arles. Par la suite, il a travaillé avec de nombreux modèles, amateurs pour la plupart, en s'inspirant des thèmes mythologiques qui l'intéressent depuis toujours. Plus récemment, il s'est rendu jusque dans les déserts californiens : il en a rapporté une moisson d'images tantôt mystérieuses, tantôt très gaies, mais toujours très humaines.

La photo ci-contre, réalisée en 1971, fait partie d'une série consacrée au mythe de la naissance de Vénus. Clergue aime cette photo à cause des lignes du corps du modèle, mais surtout à cause de la courbe harmonieuse qui part du sein pour aboutir au bassin. Il aime aussi la frange de lumière qui ourle son corps et le détache de la mer.

Pour Clergue, les relations entre le photographe et le modèle sont un élément déterminant pour les photos de nu. Il dit qu'il a toujours considéré que c'était un honneur que lui faisait le modèle d'accepter de se dénuder pour lui; il pense qu'il appartient au photographe de faire en sorte que le modèle qui pose nu se sente à l'aise. Il conseille aux débutants de faire des photos très personnelles, d'essayer un peu tout et, ensuite, de se laisser guider par leurs préférences ou leurs convictions. Enfin, il insiste sur le fait que le modèle a, lui aussi, un rôle créatif. « Le modèle doit participer à la photo », rappelle-t-il aux débutants. « Sinon, vous n'avez aucune chance de réussir. »

Photo by Robert Durand

Appendice

Les albums de photos

Il est vrai que c'est surtout au moment des préparatifs et de la prise de vue que le plaisir de photographier les gens est le plus intense. Mais regarder la photo elle-même, seul ou en compagnie, est tout aussi agréable. C'est la raison principale pour laquelle on compose souvent des albums. Il en existe de très nombreux modèles. Certains sont équipés de pochettes de plastique rabattables qui maintiennent chaque photo en place et la protègent. Les albums traditionnels existent en différents formats; il faut parfois fixer les photos avec de la colle ou des coins. Certains ont des pages striées de lignes d'adhésif, ce qui permet de faire tenir la photo. On soulève une fine pellicule de plastique, on met la photo en place, puis on rabat la feuille de plastique; c'est elle qui maintient la photo en place.

Quand vous achetez un album, assurez-vous qu'il n'y ait pas dans ses composants des produits ou solvants qui pourraient à la longue détériorer vos photos. Pour la même raison, il est préférable d'utiliser une colle spéciale pour photos, surtout s'il s'agit de tirages sur papier assez anciens. Mais, même avec de la colle spéciale, soyez prudent. Il entre parfois certains colorants dans la composition du papier utilisé pour les pages de l'album et la colle peut contenir des solvants qui libèrent ces colorants; les photos seront alors tachées. Prenez donc la précaution de laisser un peu sécher la colle avant de fixer votre photo. On peut aussi disposer les photos avec des coins transparents; dans les boutiques spécialisées on en trouve qui ne contiennent aucun acide. Il y a encore une autre méthode, très pratique, pour fixer ses photos : c'est le ruban adhésif double face ou la colle en aérosol.

Si votre album ne possède pas de feuillets intercalaires transparents, il est préférable de ne fixer vos photos que sur un côté de chaque page; ainsi vos photos ne s'érafleront pas entre elles, ne laisseront pas d'empreintes les unes sur les autres et ne se colleront pas l'une à l'autre.

Quel que soit le type de votre album, vous devez le rendre aussi agréable à feuilleter que possible. Ne gardez que les meilleures photos, en éliminant impitoyablement les moins réussies et celles qui font double emploi, et disposez-les soigneusement. Chaque fois que cela est possible, disposez-les en séquence, pour qu'elles racontent quelque chose. Si votre album est de grande dimension, vous pouvez, par double page, faire agrandir une photo pour rompre la monotonie. Souvenez-vous aussi qu'il suffit parfois de recadrer une photo pour que son impact soit plus fort. Pour déterminer l'endroit exact où vous recouperez votre photo, utilisez deux caches noirs en forme de L et déplacez-les sur la photo.

Martin Czamanske

Vous pouvez faire un album fourre-tout; mais n'oubliez pas de faire aussi des albums plus spécialisés. Certains parents destinent un album à chacun de leurs enfants. En général, on aime réunir les photos de vacances ou de voyage dans un album à part. On consacre aussi un album à des occasions exceptionnelles, comme un mariage par exemple.

Pour conserver longtemps vos photos, rangez-les dans une pièce fraîche et à l'abri de l'humidité. La chaleur et l'humidité sont les deux grandes ennemies des photos. Rangez vos albums verticalement, sans trop les serrer.

La fierté des parents se lit sur cette étiquette. L'idée de consacrer un album à un personnage est excellente, en particulier dans le cas des enfants qui changent si rapidement.

Martin Czamanske

Grâce à cette série d'albums, on voit bien qu'il faut choisir entre deux partis : ou bien l'on montre une photo par page, ou bien on en regroupe plusieurs sur la même page. Mais, quelle que soit la solution choisie, il est toujours préférable que les photos soient protégées par un feuillet en plastique.

Martin Czamanske

Martin Czamanske

Martin Czamanske

Comment présenter vos photos

N'hésitez pas à présenter vos photos. La façon dont vous les mettrez en valeur dépend de votre goût, mais il y a quelques règles à respecter. Choisissez des photos dont l'attrait visuel est très fort, des photos qui retiendront l'attention. Les tirages sur papier, surtout lorsqu'il s'agit de personnes, ne sont en général pas très grands; c'est pourquoi vous avez souvent intérêt à les grouper. On peut les disposer agréablement sur un mur, ou les regrouper sur une table ou un bureau. Dans tous les cas, pensez à rompre la monotonie en variant le format ou le style du cadre, tout en veillant à ce qu'ils s'harmonisent les uns avec les autres. N'oubliez pas que la façon dont vous les disposerez doit refléter le lien qui unit les différentes personnes entre elles. Il faut toujours placer ses photos à un endroit où un visiteur peut facilement les regarder de près. Éviter de les mettre en plein soleil ou très près d'un éclairage fluorescent, car les couleurs passeraient très vite. Si vous placez un élément d'éclairage au-dessus de vos photos, vérifiez que cela ne provoque pas de reflet sur le verre.

Il y a de nombreuses façons d'encadrer et de présenter les photos. Le choix de l'une d'elles dépend surtout de l'ambiance de la photo. Un cadre travaillé et ancien permet de mettre parfaitement en valeur une vieille photo de famille que vous avez précieusement conservée; au contraire, un cadre moderne convient très bien aux photos récentes très structurées ou géométriques. Quand vous êtes à la recherche d'un cadre, munissez-vous de votre photo : vous pourrez ainsi juger de l'effet produit par des cadres de styles différents. Pensez aussi que vous pouvez demander que votre photo soit entourée, au tirage, d'une marge ou, à l'encadrement, d'une marie-louise. Si vous ne trouvez pas de cadre qui vous plaise, faites-en faire un spécialement; les encadreurs vous proposeront toute une gamme de modèles. Si vous voulez quelque chose de très simple, comme c'est souvent le cas dans les expositions, prenez des cadres en métal à assembler ou des plaques de verre et de carton à réunir par des attaches. Comme pour les albums, assurez-vous qu'il n'entre aucun produit nocif pour les tirages dans la composition du cadre et des autres matériaux (le carton placé sous la photo en particulier).

Norman Kerr

Voici une sélection de cadres tout prêts. Les cadres ovales permettent un effet très réussi lorsqu'ils s'harmonisent avec la forme du visage, ou avec tout autre élément ovale de la photo.

Norman Kerr

Les cadres sur mesure sont plus coûteux que les cadres tout prêts; mais vous avez le choix entre une multitude de styles différents : il suffit de jeter un coup d'œil sur l'arrière-plan de cette photo pour s'en convaincre.

Martin Czamanske

Ce cadre simple et moderne convient parfaitement au graphisme de cette étude.

Norman Kerr

Sam Campanaro

Chacun de ces cadres a un style différent, adapté au genre et à l'époque de la photo qui lui est destinée.
Cet aspect disparate évoque la manière dont nos souvenirs surgissent dans notre mémoire.

Des photos de format varié sont encadrés différemment, ce qui peut être une façon de présenter quelques photos de famille.

233

Comment restaurer une vieille photo

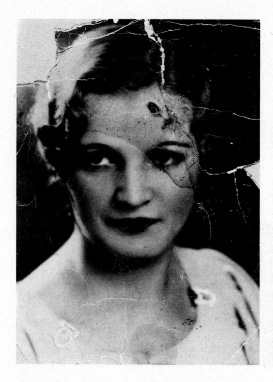

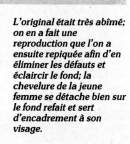

Parmi les photos auxquelles vous tenez, se trouvent sans doute de vieilles photos de famille. Avec le temps, elles ont jauni, se sont décolorées ou craquelées sous l'effet de la lumière, de la chaleur, de l'humidité, de la poussière, des manipulations avec des mains sales, ou même de certains champignons ou insectes. Parfois elles sont déchirées, pliées, ou bien couvertes d'inscriptions diverses, ou même tachées par la colle ou l'adhésif employé pour les fixer. Mais on peut presque toujours les restaurer; pour cela, on en fait une reproduction et on retouche le négatif, ou l'on repique l'épreuve. N'essayez surtout pas d'effectuer des corrections sur l'original. Si vous êtes assez habile et si vous aimez cela, vous pouvez entreprendre vous-même cette restauration; sinon, faites-le faire par un spécialiste.

Le défaut majeur des vieilles photos, c'est d'être passées ou décolorées. Pour y remédier, on en fait une reproduction sur un film panchromatique demi-teinte. Comme la photo a jauni de façon uniforme, on fait en général la copie à travers un filtre bleu n° 47 ou Cokin 021. En effet, le bleu absorbe en partie le jaune, ce qui permet de rétablir en partie le contraste. On peut aussi utiliser des filtres pour faire disparaître certaines taches; mais ces taches ne doivent pas être foncées, au point de masquer l'image. En général, on utilise un filtre de la même couleur que la tache. Par exemple, on peut faire disparaître une trace d'adhésif, ou une trace laissée au tirage, en photographiant l'image à travers un filtre jaune foncé n° 15.

Lorsqu'une photo présente des éraflures ou des craquelures, il faut repiquer l'épreuve obtenue après reproduction. Ces corrections s'effectuent avec des colorants photographiques transparents appliqués au pinceau; cela demande une grande habileté. Pour les photos en noir et blanc, ces teintures existent en trois gammes de noir : chaud, froid et neutre. On ajoute au colorant neutre l'un des deux autres pour obtenir la couleur exacte de la photo; pour une photo brun noir, on ajoute le colorant « chaud », alors qu'on ajoute le colorant « froid » si la photo est d'un noir bleuté. Il existe aussi des colorants opaques chauds, froids ou neutres, qui permettent de masquer les taches; mais la plupart des photographes préfère appliquer ces colorants avec un aérographe ou retoucher un négatif grand format. Il existe enfin des colorants spéciaux qui permettent de repiquer les photos en couleur.

L'original était très abîmé; on en a fait une reproduction que l'on a ensuite repiquée afin d'en éliminer les défauts et éclaircir le fond; la chevelure de la jeune femme se détache bien sur le fond refait et sert d'encadrement à son visage.

S'il ne vous reste qu'une seule photo très détériorée d'un membre de la famille, tout n'est pas perdu. Un professionnel — de plus en plus rare, il est vrai, maintenant — peut restaurer une photo, fût-elle en aussi mauvais état que la photo que l'on voit à gauche.

On peut parfois obtenir le portrait d'une personne du passé, à partir d'une photo de groupe sur laquelle elle figure. C'est le cas pour ce portrait : la photo de famille a été d'abord reproduite, puis agrandie. Ce portrait a ensuite été repiqué; on lui a enfin donné une teinte sépia pour qu'il reprenne un air ancien.

Bibliographie

TECHNIQUE GÉNÉRALE

COGNÉ G.M., *A.B.C. du flash*, Chasseur d'image éd.
HEDGECOE J., *La Nouvelle Photographie*, Fanal éd.
LANGFORD M., *Le Grand Livre de la photo*, Fanal éd.
Films Kodak noir et blanc pour amateur, KODAK
Filtres et accessoires optiques, KODAK, 1978.
Filtres Cokin : 158 exemples (vente chez les photographes exclusivement), COKIN.
KODAK, *Guide de la photographie*, Hachette éd.
La Photo au flash, Edit'Phot.
La Photo d'intérieur, KODAK.
Réussir ses photos, Atlas éd.

GÉNÉRALITÉS

La Photo point par point, Larousse - Montel éd., 1979.
Les Grands Thèmes, Time Life éd., 1972.
Toute la photographie, Larousse-Montel éd., 1978.
KODAK, *Plaisir de photographier*, Bordas éd., 1980.

LE NU

BAURET G., MERLO L., *Nouveaux nus*, Contrejour éd., 1981.
BELLONE R., *Photographier le nu*, Solar éd., 1980.
BELLONE R., DELEVAL C., *Le Nu*, Solar éd., 1982.
BIANCANI L., *Invitation à la photographie du nu*, V.M. éd., 1980.
BOYS M., *Le Livre du nu photographique*, Paul-Montel éd., 1981.
BRANDT B., *Nouveaux nus*, Contrejour éd., 1981.
MOREAU M., *Nus, les plus beaux modèles du monde*, Pink Stard éd., 1981.
Chefs-d'œuvre de la photo érotique, Ramsay éd., 1982.
Le Nu et la Pose, Atlas éd., 1984.

MODE ET PUBLICITÉ

Photo Look, Les plus belles photos publicitaires et leurs secrets, Love me tender éd., 1981.
Seven in New York, le grand livre de la photo de mode, Love me tender éd., 1981.

LES PHOTOS D'ENFANTS

BELLONE R., *Photographier les bébés*, Solar éd., 1980.
DASSAULT O., *Ces regards d'enfants*, Anne-Sigier éd., 1983.
Photographies d'enfants, Time-Life éd., 1973.

LE PHOTOJOURNALISME

ALMASY P., *La Photo à la une*, Centre de formation professionnel des journalistes.
BORGÉ J., VIASNOFF N., *L'Aristocratie du reportage photographique*, Balland éd., 1978.
BORGÉ J., VIASNOFF N., *Histoire de la photographie de reportage*, Nathan éd., 1982.
BURY R., *One World*, Contrejour éd.
RENAUD A., *Photoreportage*, Homme éd., 1980.
REVON J., *La Photographie d'action et de reportage*, Paul-Montel éd.
La Photographie documentaire, Time-Life éd.
Le Reportage, Time-Life éd.
Le Reportage photographique, Edit'Phot.

LE PORTRAIT

BELLONE R., DELEVAL C., *Le Portrait*, Solar éd., 1982.
BIANCANI L., *Initiation au portrait*, V.M. éd., 1979.
BOUILLOT R., *Le Visage et son image : le portrait-photo*, Paul-Montel éd., 1977.
CARONE W., CHENZ, *Le Portrait*, Denoël éd., 1980.
Portraits, Jean-Luc-Barde éd., 1983.
Techniques professionnelles du portrait, KODAK.
Visages, Denoël éd., 1982.

LE SPORT

BRODEUR D., *Apprendre la photo de sport*, Homme éd., 1980.
CAPPON M., ZANNIER I., *Photographier les sports*, Paul-Montel éd., 1981.
La Photographie sportive, Edit'Phot - Spinatsch éd., 1983.
Sport et photographie, AGFA, 1977.

LE VOYAGE

La Photographie en voyage, Time-Life éd., 1972.

QUELQUES OUVRAGES DE RÉFÉRENCE

(sélectionnés pour leurs images, mais ne contenant pas d'informations techniques)

ARBUS D., *Diane Arbus*, Chêne éd., 1977.
BING I., *Photographies, 1929-1955*, Éditions des femmes, 1982.
BOUBAT É., *Préférées*, Contrejour éd., 1980.
BOURGEOIS J.-P., *Les Secrets de la photo de charme*, Love me tender éd., 1981.
BRANDT B., *Ombre de lumière*, Chêne éd., 1977.
CLERGUE L., *Belle des sables*, A.G.E.P. éd., 1979.
CLERGUE L., *Née de la vague*, Belfond éd., 1978.
FARB N., FÉRON B., *A l'est de Moscou, portraits*, Chêne éd., 1980.
FREUND G., *Mémoires de l'œil*, Seuil éd., 1977.
GOUDE J.-P., *Jungle fever*, Love me tender éd., 1982.
HINE L. H., *Men at work*, Doherty éd., 1981.
HINE L.H., *Women at work*, Doherty éd., 1981.
KALEYA T., *Femmes*, Tuna Kaleya / Publicness éd., 1980.
KERTESZ A., *Distorsions*, Chêne éd., 1976.
LARTIGUE J.H., *Instants de ma vie*, Chêne éd., 1978.
MARK M.E., *Falkland Road : les prostituées de Bombay*, Filipacchi éd., 1981.
SANDER A., *Visage d'une époque, 1905-1929*, Schirmer-Mosel éd., 1984.
Amérique : les années noires, Photo Poche éd., 1983.
L'Amérique au fil des jours, Photo Poche éd., 1983.
Cartier-Bresson, photographe, Delpire éd., 1980.
Duane Michals, Photo Poche éd., 1983.
Le Grand Œuvre, Photo Poche éd., 1983.
Henri-Cartier Bresson, Photo Poche éd.
Japan : a self-portrait, International Center of Photography, 1979.
Jean-Loup Sieff, Contrejour éd., 1982.
Photography in America, Robert-Doty éd., 1982.
Reportages, photographies de Snowdon, Chêne éd., 1972.

Index

Les chiffres *en italique* indiquent les entrées principales.

T

V

W

Z

Achevé d'imprimer en Espagne par GRAFICAS ESTELLA, S.A.
à Estella (Navarre) en 1984
Imprimé en Espagne